»Heute ist der erste Auftritt des neuen griechischen Finanzministers. ›Guten Tag, meine Damen und Herren‹, beginnt er. ›Wir haben eine sehr schwierige Situation. Die Spareinschnitte bringen unser Land mit jedem Tag näher an den Rand einer Katastrophe ...‹ Ich schweife ab, meine Augen wandern umher, als würden sie von etwas angezogen. Oder von jemandem. Neben dem Finanzminister, seinem Leibwächter und dem alten Pressesprecher steht eine Frau. Es ist die Frau von eben. Die Frau von Tinder. Die Frau mit den irrsinnig dunklen Augen. Sie schaut unverwandt nach vorn auf die Wand aus Kameras. Ich beobachte ihren leicht gespannten Blick, ihre sanften Züge, sehe, wie sie mit ihrem rechten Fuß leicht wippt. Unsere Augen treffen sich. Verdammt! Sie hat bemerkt, dass ich sie beobachte. Dann ist der Moment vorbei. Der Minister kommt zum Schluss. ›... bin ich voller Hoffnung. Vielen Dank. Efaristo.‹ Er geht ab, sie folgt ihm. Eine Griechin. Mein Zutrauen in meine Tinder-Schätzfähigkeiten schwindet. Ich schaue auf die Uhr. Mist. Doppelmist. Ich spurte los.«

*Alexander Oetker*, geboren 1982, ist der Frankreich-Experte von RTL und n-tv und profunder Kenner von Politik und Gesellschaft der Grande Nation. Seine Luc-Verlain-Krimis sind allesamt Bestseller, seine Romane und Reiseführer Erfolgsgaranten im Buchhandel. Alexander Oetker pendelt mit seiner Frau und seinen beiden Söhnen zwischen Brandenburg, Paris und der französischen Atlantikküste.

ALEXANDER OETKER

# Und dann noch die Liebe

ROMAN

Hoffmann und Campe

Die Songzeile auf S. 5 stammt aus: *Englishman in New York*.
Musik & Text: Gordon Sumner, © GM Sumner.
Mit freundlicher Genehmigung der EMI Music Publishing Germany GmbH

1. Auflage 2022
Taschenbuchausgabe
Copyright © 2020 Hoffmann und Campe Verlag, Hamburg
*www.hoffmann-und-campe.de*
Umschlaggestaltung: Vivian Bencs © Hoffmann und Campe
Umschlagabbildung: © Frédéric Legrand, Agence Comeo
Satz: Dörlemann Satz, Lemförde
Druck und Bindung: GGP Media GmbH, Pößneck
Printed in Germany
ISBN 978-3-455-01193-7

HOFFMANN
UND CAMPE

*Ein Unternehmen der*
GANSKE VERLAGSGRUPPE

»A gentleman will walk
but never run.«

STING

# Später

Ich sehe ihr nach. Langsam und gemächlich geht sie die Dorfstraße entlang, als habe sie alle Zeit der Welt. Vielleicht stimmt das sogar. Es sind nur 150, vielleicht 200 Meter, keine lange Strecke. Doch sie ist 91. Und sie geht so selbstverständlich und den Menschen hinter ihren Fenstern zugewandt, dass es mir die Tränen in die Augen treibt. Ob dieser Gang gebückt ist, spielt keine Rolle, auch nicht, dass sie manchmal kurz innehalten muss. Sie kann jetzt diese Straße entlanglaufen. Sie ist hier. Nach all dem, was sie mir erzählt hat, ist das alles andere als selbstverständlich.

An der Hoftür dreht sie sich noch einmal zu mir um. Ein zurückhaltendes Lächeln, ein Winken, dann verschwindet sie im Garten. Gleich wird sie das Kaffeewasser aufsetzen und den Kuchen aus der Tüte vom Supermarkt ziehen.

Ich habe gesagt, dass ich noch eine Weile hier sitzen will. Es ist ein warmer Tag. Der Verkehr rauscht auf der Bundesstraße vorbei gen Berlin, ich aber sitze im Schatten unter dem Blätterwerk der ausladenden Linde im Sommerwind.

Wir haben wieder so viel gesprochen. Seitdem sie zum ersten Mal von all dem begonnen hat, reden wir viel mehr miteinander. Ich erzähle ihr meine Chosen, die mir spätestens dann bescheuert vorkommen, wenn sie von früher erzählt. Wir sind uns so nah, heute.

Angefangen hat das alles vor ein paar Ewigkeiten, am Ende eines Jahres, das irgendwie alles verändert hat: Deutschland, Europa, mich.

Wenn ich heute auf dieses Jahr zurückblicke, dann kommt es mir vor, als wäre ich eine unbestimmte Zeit lang atemlos durch die Gegend gerannt. Und nicht nur ich – die ganze Welt. Zumindest der Teil der Welt, den ich überblicken kann. Dass dieser Teil nicht sehr groß ist, brauch' ich wohl nicht zu sagen, auch wenn mir das damals noch nicht richtig klar war.

Es ist wie immer: In dem Moment, in dem etwas Großes passiert, spürst du nicht, dass du dir diesen Moment einprägen solltest. Weil du damit beschäftigt bist, deine eigenen kleinen Probleme zu lösen. Erst hinterher erkennst du, dass diese Begebenheit wirklich historisch war. Wobei dieses Wort so grandios und übermächtig klingt – dabei kann auch eine ganz kleingeistige, miese Nummer *historisch* sein.

Jetzt, in der großen Retrospektive, wo alle über 2015 reden, *Schicksalsjahr,* sie sagen es immer wieder, versuchst du, die Elemente dieser Zeit irgendwie zusammenzupuzzeln. Natürlich gelingt das nicht. Weil du das Gefühl von damals nicht mehr herbeizaubern kannst. Diese Atemlosigkeit, dieses Gebanntbeobachten. Du weißt, dass es da war, aber wie es dich in dem Moment angefasst hat, das weißt du nicht mehr.

Es sind nur noch Fragmente, die herausstechen, Leuchttürme vielleicht, in deren Licht dieses Jahr dann entweder besonders grausam oder besonders strahlend dasteht – und die eigene Rolle naturgemäß brutal überzeichnet wird.

Ganz so, als hätte ich die Grenzen geöffnet, die Menschen aus dem Wasser gezogen, die Frau in mein Bett geholt, das marode Land gerettet.

Und nun? Was mache ich mit dieser Erkenntnis, dass man hinterher glaubt, es sei so besonders gewesen, nur weil man selbst dabei war? Heute, wo die Welt wieder unnormal ist, wenn auch aus anderen Gründen. Wieder ist nichts mehr so, wie es vorher war. Weil es schon vorher verrückt war, wir haben es nur nicht gemerkt. Und das Beste: Auch jetzt machen wir einfach genauso weiter wie vorher.

Ich bin verheiratet. Ich bin Workaholic. Jeden Abend presse ich den ganzen Wahnsinn des Tages in anderthalb Minuten und erzähle meinen Zuschauern davon, als sei dieser Bericht die allumfassende Wahrheit.

Ob mich das erfüllt? Ob ich mir selbst glaube? Hey, ich bin Journalist. An dem einen Tag sind wir die vierte Säule der Demokratie. Und am nächsten Tag treiben wir schon wieder eine neue Kuh durchs Dorf, bis sie entweder zur Kuhkönigin wird – oder vom Laster überfahren.

Irgendwann in diesem Schicksalsjahr fangen die Menschen in meinem Land an, uns nicht mehr zu glauben. Nicht alle Menschen. Nur diejenigen, die schon immer Schwierigkeiten mit ihrem Leben hatten. Oder die, die soziale Medien für ihren Freundeskreis halten. Oder die, die generell so ihre liebe Mühe mit der Demokratie haben.

Natürlich sind wir auch selbst daran schuld. Weil wir Fehler machen, weil wir Menschen sind. Kleine Fehler, die all die Kritiker mit dem Finger auf alle zeigen lassen: Seht ihr? Nichts kann man denen glauben.

Und dann gibt es noch ein paar Gesinnungskollegen, die meinen, sie könnten sich doch mit einer Sache gemein machen, die sie für gut halten. Die auf einmal die Seite gewechselt haben – nicht mehr berichten, sondern richten. Sich Bundesverdienstkreuze anstecken lassen von denen, die sie eigentlich kontrollieren sollten. Aus ihrer Blase auf die ganze

Welt schließen, ohne mal wirklich nachgeschaut zu haben, wie das Leben denn ist, im Arbeitsamt in Saarlouis oder Nantes.

Irgendwann in diesem bestimmten Jahr also werden sie anfangen, uns als *Lügenpresse* zu bezeichnen. Werden sagen, die Kanzlerin oder der Präsident rufen uns morgens an und sagen, was wir berichten sollen. Und dann werden immer mehr Fehler auf unserer Seite für immer größeren Vertrauensverlust sorgen. Alle werden in Panik geraten, weil die Abozahlen einbrechen und die Quoten.

Und dann – und ich weiß das, weil ich es erlebt habe –, viele Jahre später, wird das alles nichts bedeuten. Weil es einfach weitergeht. Weil die, die uns Lügner genannt haben, tot sind oder arm oder bedeutungslos, so bedeutungslos wie vorher. Und weil die Menschen einfach eine Lust haben an Nachrichten, die sie wie Unterhaltung konsumieren können.

Und so werden wir eben Unterhalter sein, Entertainer im großen Spiel, nicht zu unterscheiden von denen am Rednerpult im Bundestag oder in der Assemblée Nationale, die auch nur ins Fernsehen kommen, wenn sie mal einen besonders geilen Witz reißen oder Pippi Langstrumpf singen.

Heute also ist alles wieder normal. So wie vorher. Nur noch ein bisschen nebensächlicher. Weil wir wissen, dass die Umbrüche so groß sein können, wie es vorher keiner für möglich hielt: dass da eine Pandemie kommt, und auf einmal hält die Welt einfach an – und dreht sich dennoch gefühlt noch schneller weiter als vorher. Dass ein Kind mit Größenwahn Präsident ist und alle auf einmal ganz unironisch »Mr. President« sagen, und es passiert dennoch gar nichts Schlimmes, so im Sinne von Atomknopf oder so – und dann wird er abgewählt, und es hat alles nichts bedeutet. Während auf der anderen Seite Dinge, die damals erst ins Bewusstsein gerückt sind, heute einfach noch immer da sind. Wie dieses Lager in Moria auf der griechischen Insel, von dem vorher niemand je gehört hatte – und von dem nach 2015 jeder sprach, weil sie dort die Menschen hielten wie Vieh. Oder anders gesagt: Sie tun das bis heute, nur ist das Lager wieder aus dem Bewusstsein der Menschen verschwunden, es taucht nur noch ab und zu in den Schlagzeilen auf, wenn sich mal wieder ein Flüchtlingskind mit Reinigungsmitteln vergiftet hat, um dem Leid ein Ende zu setzen. Moria ist wie eine alte Operationsnarbe, die nur noch schmerzt, wenn das Wetter schlecht wird.

Wenn ich mit meiner Oma spreche, die 70 Jahre vor unserem Schicksalsjahr ihr ganz eigenes Schicksalsjahr hatte, so wie ganz Europa damals, ein viel tragischeres, schrecklicheres, tödlicheres, aber auch befreiendes, weil die Herrschaft des Schreckens endete, dann weiß ich auf einmal, wie unbedeutend das alles ist. Aber hey, es ist meine Zeit, mein Leben.

Ich stehe von der harten Holzbank auf, die sie gegenüber der kleinen Kirche aufgestellt haben, betrachte das Kreuz am Erker, dann gehe ich die Hauptstraße entlang, grüße die alte Frau, die aus dem Fenster schaut. Wir kennen uns seit Jahrzehnten. So ist das hier. Ich schwitze, weil es immer heißer wird, das Pflaster brennt schon, ein Tag im August, wie ich ihn in Kindertagen immer geliebt habe, weil die Schatten immer länger werden und alles dennoch kein Ende zu nehmen scheint.

Ob ich spüren würde, wenn ein neues Jahr kommt, das wieder zu einer Zäsur wird? Keine Ahnung. Ich weiß nur, dass die Veränderung, der Umbruch, nie mit einem Knall beginnt. Sondern mit einer leisen Stimmung, die um dich herumschleicht, bis du sie nicht mehr ignorieren kannst. Dann ist es aber meistens schon zu spät.

# Bruxelles, Rue de la Loi

## 2015

Terrorwarnstufe 3.

Das heißt, dass ich hier draußen beim Mann von *Securitas* meinen Presseausweis zeigen muss. Der funkt dann nach drinnen. Und dann müssen wir beide warten, auf jemanden, der mich abholt, jemanden vom Presseteam, der zu Fuß hinauskommt. Persönlich. Das macht der Pressesprecher an ruhigen Tagen zwanzigmal. Wenn aber Sitzungswoche ist wie heute, dann kann es auch zweihundertfünfzigmal am Tag sein.

Der Rat hat mal wieder seine Sicherheitsvorkehrungen überprüft – und das ist das Ergebnis: Ich bin das Sicherheitsrisiko. Und mit mir etwa 249 andere Kollegen. Nur sind die alle schon drinnen. So stehen wir also hier draußen, der Sicherheitsmann in seinem schwarzen Anzug und ich. Neben den zwei belgischen Soldaten, die diese merkwürdig blassgrüne Tarnkleidung tragen, die stets so verwaschen aussieht, dass man sie nicht recht ernst nehmen kann. In den Händen halten sie ihre riesigen schwarzen Maschinenpistolen, die aussehen wie Maschinengewehre.

Ich habe gelernt, dass ich bei Liveschalten auf dem Sender nie *Maschinengewehre* sagen kann, ohne dass ein Zuschauer anruft und schreit: »Hat denn der Mann nicht gedient? Das sind *Maschinenpistolen*.«

Die Menschen haben gerade sehr viel Zeit zum Telefonieren, scheint es.

Wir ungedienten Reporter sind also dazu übergegangen zu erzählen, hier stünden überall Soldaten mit Maschinenpistolen herum.

Diese riesigen schwarzen Dinger jedenfalls baumeln um die Hälse der beiden Soldaten, der eine blond und leicht zerzaust, der andere ein Schwarzer, die Haare kurzgeschoren, beide kaum älter als 20. Sie gucken ganz ernst, das soll abgeklärt wirken, sieht bei ihnen aber nur angestrengt aus, weil sie dabei so jung und unbeholfen wirken, dass ich fragen will, ob ich ihnen beim Tragen helfen kann. Sie müssen hier so viel verteidigen: Brüssel, Belgien, die EU. Und, weil es so schön klingt: auch die Freiheit der zivilisierten Welt. Was, wenn die Innenminister es sagen, ja immer heißt: die westliche Welt. Klare Abgrenzung. So ist die Verkaufe. Und diese zivilisierte Welt, die muss aufstehen gegen den Terror und die Barbaren. Sie erklären uns auch immer, wie wir Europäer gegen die Barbaren aufstehen müssen. Dass wir weiter unbeirrt auf Weihnachtsmärkte gehen müssen, auf Oktoberfeste, in Cafés, auf Einkaufsstraßen. Sonst hätten die Terroristen ja gewonnen.

Selbst wenn wir gar keine Lust auf Weihnachtsmarkt haben, selbst wenn es kalt ist, friert und zieht – wir müssen unsere Freiheit verteidigen. Draußen auf der Straße. Nebenbei können wir ja auch gleich noch was einkaufen, damit die Krise schnell vorbei ist.

So stehen wir also da, auf der Rue de la Loi, und wer uns sieht, der findet bestimmt, dass wir ein merkwürdiges Quartett abgeben: die Soldaten, der *Securitas*-Mann, der sichtbar aus dem Maghreb stammt, und der junge Journalist, der ich bin. In ausgebeulten Jeans, abgeschabten Adidas-Turnschuhen, dazu aber das gute weiße Hemd und eine Krawatte. Die minzfarbene heute. Und das Sakko, ein gutes Teil, Hugo Boss. Es stammt aus dem Fundus des Senders.

Oben hui, unten pfui also. Es gilt eben nur, was auf dem Schirm zu sehen ist, und unterhalb des Sakkos bin ich nie zu sehen, für die Fernsehzuschauer jedenfalls. Den Kollegen ist es eh egal, Zeitungskollegen sind zumeist so nachlässig angezogen, als würden sie bloß Wert darauf legen, dass die Geschichte gut ist, so wie Russell Crowe in diesem Film, in dem er einen unbestechlichen Reporter spielt.

Mein Sakko bekommt erste Tropfen ab. Natürlich nieselt es. Es nieselt oft in Belgien. Steter Nieselregen mit kleinen Tempowechseln ist für Belgien so charakteristisch wie der leicht grau verhangene Himmel für Paris oder der krass blaue Himmel für mein Berlin im Mai.

Die Rue de la Loi rauscht auf der Höhe des Europäischen Rates aus dem Tunnel unterm Jubelpark. Das ist keine Straße mehr, es ist eine Autobahn, sechs Spuren in Richtung Innenstadt, dichtgepackt mit Autos, morgens im Stillstand, jetzt am Mittag immerhin in zähem Fluss. Gegenüber steht die Kommission, diese gläserne Niere von einem Gebäude. Nebenan bauen sie auf einem riesigen Areal am neuen Europäischen Rat, es wird ein Konstrukt aus Holz und Glas. Der Sitzungssaal wird einen ganz bunten Teppich bekommen, so habe ich es auf den Plänen gesehen, das wird herrlich: graue Herren vor pink-türkisfarbener Auslegeware, mein Kameramann wird es lieben.

Immer wieder gehen Männer und Frauen am *Securitas*-Mann vorbei und zeigen ihren *Badge*. *Laissez-passer* steht darauf und ihr Name, ihre Abteilung, dazu ihr Foto. Auch sie sind Journalisten, festakkreditierte Journalisten mit Wohnsitz in

Brüssel, die dürfen einfach so durch. Die dürfen ohnehin viel. Sie dürfen sogar gratis Zug fahren in ganz Belgien, das ist was. Mir wäre zwar nicht eingefallen, wo ich in Belgien hätte hinfahren wollen, aber die Möglichkeit hat doch was, oder?

Auch die Angestellten des Rates rasen vorbei. Und die Angestellten der Kantine des Rates. Ich aber muss hier warten, auf den Mann aus der Pressestelle. Der Weg ist weit. Das ist der Preis für den Kampf gegen den Terror im EU-Viertel. Zumindest drinnen hinter diesen Mauern.

Die Menschen draußen auf der Straße, der Blumenhändler, die wild diskutierenden Taxifahrer, die schwarze Putzfrau mit ihrem Eimer unterm Arm, sie dagegen sehen ganz schön ungeschützt aus, wie sie durch das riesige leere Quartier eilen, dieses Raumschiff, das hier eines Tages gelandet ist, am Rande von Brüssel, zwischen Flughafen und Königspalast.

Und da sind die Menschen unter uns, in der U-Bahn, die gerade aus dem Bahnhof Schuman abfährt in Richtung Maelbeek, sie sind auch ungeschützt. Was das bedeuten kann, ahnen sie in diesen Tagen noch nicht. Die Anschläge vom März liegen noch vor uns.

Endlich öffnet sich die elektrische Schiebetür und spuckt Davide aus, den kleinen alten Italiener mit dem schütteren Haupthaar, den ich so gerne mag. Er ist also dran heute, die beinahe 500 Meter Fußweg zu bewältigen, und weil Sitzungswoche ist, eben eher zweihundertfünfzig- als zwanzigmal. Ich lache ihn an, er lacht zurück.

»*Ciao, come va?*«

»*Bene*«, antwortet er. »*Ça va être une longue journée*«, fügt er auf Französisch hinzu, er spricht, wie alle, die seit gefühlten 100 Jahren in Brüssel wohnen, alle Sprachen, die es gibt. Er zieht das Gesicht in Falten.

Eine lange Sitzung. Wenn Davide das schon am Beginn

eines Tages ankündigt, dann wird es nicht nur eine lange, sondern eine schier endlose Sitzung, die bis morgen früh dauert.

»Na, aber mit deinem Transferdienst heute wird es dir wenigstens nicht langweilig.«

Er grinst, rollt mit den Augen.

Nun machen wir den restlichen Weg zusammen. Die Soldaten und der *Securitas*-Mann treten auf die Seite, die elektrische Schiebetür surrt, und dann höre ich schon das Piepen der Metalldetektoren und der Röntgenmaschinen. Sicherheitsschleuse. Davide schlüpft durch die Tür, er muss diese Prozedur nicht mitmachen.

»*Bonjour*«, begrüße ich die beiden Sicherheitsmänner an der Schleuse und lasse mich durchleuchten. Nach weiteren zwei Minuten – mein Schlüsselbund steckte doch noch in der Jeans – betrete ich die große Halle mit dem gläsernen Dach, ein leeres Ungetüm, das wie das Innere dieses Raumschiffs aussieht, das Europa ist.

Roter Stein, der aussieht wie blutender Marmor, braune, riesige Fliesen auf dem Boden und Balkone rund um die Halle, noch sind sie leer, noch stehen da keine Reporter, keine Kameras, sind da keine Lichter. Nur die Eurovision hat für die Kollegen vom öffentlich-rechtlichen Fernsehen schon ihre Schaltposition aufgebaut.

Wir laufen in Richtung Haupttür. Darüber die Fahnen aller europäischen Mitgliedsstaaten und das spezielle Logo des Staates, der in diesem Halbjahr die EU-Ratspräsidentschaft innehat. Derzeit ist das Lettland, ein recht einfallsloses Logo aus zusammengesetzten Buchstaben. Zypern hatte mal eine stilisierte Kogge aufgebaut, und irgendein Land hatte den Boden beklebt mit illustrierten Füßen, auf die man die eigenen setzen konnte und dann wie auf dem Schulhof hin- und herspringen. Das war lustig, es hatte nur nichts mit dem Land zu tun, für das das Logo stand, weswegen ich vergessen habe, welches es war.

Wieder surrt eine Tür, diesmal eine Drehtür, wir treten hindurch, dann winkt mir Davide zu, ruft »*Ciao, caro*«, bis später, ein kurzer Abschied, man grinst sich wissend an, wir werden einander noch oft sehen an diesem Tag. Oft und lange. Bis morgen früh wahrscheinlich. So ist das, wenn sich die EU-Finanzminister treffen. Es geht um Griechenland. Wieder einmal. Wie seit mittlerweile so vielen Jahren.

Im Atrium ein Glaskasten. So unwirklich, dieser Glanz des Goldes. So ungewöhnlich wie die Umgebung. Ich stehe vorm Friedensnobelpreis. Genauer: der Medaille des Nobelpreiskomitees für die Europäische Union. Der Rat hat sie hier in den Flur stellen lassen, in diesen zugigen Durchgang, in einen Glaskasten, der, so scheint es, als einziges Objekt im ganzen Gebäude regelmäßig geputzt wird. Daneben stehen der Geldautomat und der Infopoint.

Da liegt sie nun auf einem roten Kissen, diese goldene Münze, umgeben von Sicherheitsglas. Der weltwichtigste Preis für Frieden und Verständigung. Der eine Anerkennung sein soll, aber irgendwie immer mehr zur Bürde wird. So wie bei Obama. Der konnte nach dem Preis auch nichts mehr richtig machen. Bisschen Krieg hier, mal schnell Bin Laden umlegen. Und Guantánamo ist immer noch da.

Ja, Europa ist der Garant für Frieden auf dem Kontinent. Nun schon so viele Jahre. Doch mittlerweile ist es eine Union, in der sich viele alte Männer und wenige junge Frauen die Köpfe einschlagen, heute Abend wird es wieder so sein, auf dieser Sitzung, der Anlass ist die Frage, ob ein Land seinen Rentnern nochmals die Notrente kürzen kann. Eine Union, die es vermeidet, den Schwachen Kohle zu leihen, weil die Reichen, die ständig von den Schwachen profitieren, die Kohle nicht rausrücken wollen. Eine Union, die dafür den Banken Milliardenbürgschaften gibt, weil die ja systemrelevant sind. Eine Union, die ein Gesetz verabschiedet, das alle Flüchtlinge da lassen will, wo sie anlanden, in zweien der ärmsten Länder der EU. Eine Union, die sich gegen Terror schützt, indem ein Italiener einen Deutsch-Franzosen zu Fuß abholt, um ihn ins Ratsgebäude zu lassen.

Das ist mein Alltag. Das ist Bruxelles.

# Eurogroup

## 2015

Im Pressezentrum herrscht gähnende Leere. Die Bar ist noch geschlossen, sie wird erst um sechzehn Uhr wieder aufmachen. *Café d'Autriche* heißt sie, was genau genommen eine Unverschämtheit ist. Hier sieht es eben nicht aus wie im Wiener Kaffeehaus, sondern wie in einer bulgarischen Kantine. Obwohl ich damit auch in Sofia niemandem zu nahetreten will. Weiße Pappwände vor schmutzigen Fenstern, die hinausführen auf die Rue Froissart. Dazu dieser hölzerne Tresen, garniert mit Pappbechern, schmutzigen Tassen und Sandwiches in Plastikfolien.

»Kannste eijnen mit todslagen«, sagt mein belgischer Kameramann immer im schönsten flämisch-deutschen Singsang über diese Baguettekracher mit Analogkäse und Alibisalat.

Hinterm Tresen wischt ein Mann mit weißer Haube die Kaffeemaschine sauber. Sie wird heute Nacht trotz des profanen Geschmacks der braunen Brühe, die sie ausspuckt, wieder das meistgenutzte Gerät sein. An den Arbeitsplätzen um die Ecke sitzen schon einige Printkollegen, starren unverwandt auf ihre Laptops und tippen die ersten Vorausschauen zur Zukunft Griechenlands. Ich frage mich immer, woher diese Leute zu dieser frühen Stunde ihre Informationen haben.

Ich bin schon froh, am Morgen nicht den Thalys von Paris verpasst zu haben.

Ich nicke einigen Kollegen zu, die ich vom Sehen kenne, dort hinten sitzt der spanische Block. Das sind bekanntermaßen die lautesten Kollegen hier, ich versuche also, mich weit entfernt von ihnen zu platzieren. Vielleicht reden Spanier gar nicht sonderlich laut, die Sprache ist nur sehr kehlig.

Ich stelle meine Tasche ab, öffne den Laptop und lasse alles auf dem kleinen Schreibtisch in der Ecke stehen, in der ich immer sitze. Sorgen, egal welche, sind hier unbegründet. In dieser europäischen Blase geschieht nix: kein Diebstahl, kein Terror, keine Durchbrüche bei Verhandlungen.

Wieder an der Bar vorbei, gehe ich die zwei Treppen hinunter, vorbei an den nationalen Briefingräumen, wo nachher der litauische Finanzminister den zwei Journalisten der litauischen Zeitung erklären wird, warum die Griechen nicht weiter sparen wollen, dass sie es aber ganz dringend tun müssen. Daneben der Briefingraum von Estland. Die reichen Länder haben ihre großen Räume im Untergeschoss des Rates.

Da werde ich nachher meinen Finanzministern lauschen, dem deutschen und dem französischen. Nach der Sitzung. Das heißt: morgen früh.

Unten angekommen, in diesen Katakomben mit Allzweckteppich und willkürlich ausgesuchten Fotos von alten Staats- und Regierungschefs – von Mitterand über Schröder bis Tusk hängen sie alle hier –, sind es noch zwei Türen. Dann steht da die Kcamerameute, die sich schon aufgebaut hat für die Vorfahrt der Finanzminister.

Ich finde meinen Kameramann Roland und den Tonassistenten, wie heißt er noch gleich? Wim? Tom? Ich komme immer mit den flämischen Namen durcheinander. Wir begrüßen einander mit einer flachen Umarmung, die beiden haben einen guten Platz im Pulk der Medienvertreter, schön mittig, es ist die Position, die sie am Mittag eingenommen haben und die sie nicht verlieren dürfen, sie brauchen schließlich einen guten Blick aufs Geschehen. Neben ihnen stehen die Kameras der deutschen Kollegen, ARD, ZDF, RTL, auf der anderen Seite der ORF.

Nun heißt es: warten. Mein Buch liegt oben im Rucksack. Das Rauchen habe ich vor zwei Wochen drangegeben. Und die Café-Bar ist noch geschlossen. Wahnsinnsaussichten.

Ich nehme mein iPhone. Twitter habe ich vorhin im Taxi stur durchgesehen, mitten in einer Tirade des Fahrers über die Unverfrorenheit der Smart-Fahrerin neben ihm, die er selbst gerade fast auf den Seitenstreifen gedrängt hatte. Die zwei Minuten hatten gereicht, um meinen Account aufs gründlichste zu prüfen. Mit dem Hashtag #Greece kamen einige Tweets zur aktuellen Finanzlage. Vorwürfe von konservativen Parlamentariern an Griechenland. Noch mehr Vorwürfe von linken Abgeordneten an die konservativen Parlamentarier wegen ihrer Erpressung der armen Griechen. Die Tweets waren so austausch- wie wiederholbar. Ich wusste ganz genau, wer was schrieb und wie lange sich die Entrüstung darüber halten würde. Meist ebbte die Aufregung in Stundenfrist wieder ab. Nur Holocaustvergleiche hielten sich länger.

Blieben nur noch Facebook und Tinder. Tinder ist schwierig hier im Pulk. Niemand will dabei erwischt werden, wie er Frauenfotos auf seinem Handy hin- und herwischt, während all die anderen Kollegen Google zur Finanztransaktionssteuer befragen. Blieb Facebook.

Da klingelte es glücklicherweise.

»*Salut*, hier ist Paris, du bist in Brüssel?«

Der *Chef vom Dienst* meines Senders am anderen Ende weiß das ganz genau, er hat es auf der Dispo der Planung gesehen und hätte andernfalls gar nicht angerufen. Doch durch unsinniges Nachfragen kriegt man seinen Tag auch rum.

»Ja, bei der Eurogruppe.«

»Gut. Du, sag mal, was wirst du uns denn sagen können? Werden die Griechen endlich liefern?«

»Die Minister kommen gleich hier an, dann schauen wir mal. Viel kann man vorher nie sagen.«

Das galt immer. Was sollte man denn nachher erzählen, wenn die Sitzung gerade begonnen hatte? Gespanntes Schweigen am anderen Ende. Genau für zwei Sekunden. Dann das, was immer passierte.

»Dann machen wir auf jeden Fall eine 18-Uhr-Schalte, eine 19-Uhr-Schalte und dann noch mal um 22 und um 23 Uhr, dann wissen wir bestimmt mehr. Wird's denn lange dauern?«

Ich weiß, dass es lange dauern wird, was ich nicht weiß, ist, ob ich Lust habe, diese Nervensäge mit meinem Wissen zu konfrontieren.

»Mal sehen. Schalten hab ich notiert. Bis nachher.«

Ich lege auf und knurre. Dort vorne stehen die österreichische Kollegin und ihr ungarischer Liebhaber und rauchen. Jeder weiß hier viel von jedem. Es ist ein kleiner Kosmos. Mir fehlen meine Zigaretten. In Brüssel ist Abstinenz immer doppelt so schwer. Weil sinnarme Dinge wie Rauchen sinnlosen Dingen wie Eurogruppensitzungen zumindest ein bisschen Sinn geben.

Eine schwarze Limousine mit belgischem Diplomatenkennzeichen rumpelt über das metallische Sicherheitsgitter, ein Audi A8. Die hintere Tür öffnet sich und der EU-Währungskommissar steigt aus. Sofort brüllen die Kollegen los, »*Monsieur!*«, »*Sir!*«, und so weiter.

Der Mann stammt aus meiner zweiten Heimat, und ich kenne ihn leidlich, stehe aber ganz gut, deshalb bitte ich ihn ein wenig leiser als die anderen und auf Französisch um ein kurzes Statement. Natürlich bleibt er stehen, dieser Mann bleibt immer stehen. Er kommt immer als Erster und will stets ins Fernsehen. Stirnglatze, tiefe Augenringe, unsteter Blick. Der nun in unsere Kamera fällt.

»Es werden lange und harte Verhandlungen. Aber ich bin optimistisch, dass wir eine Lösung finden werden. Die Zeit ist reif für eine Lösung, und beide Seiten haben das erkannt. Der richtige Weg für Griechenland ist ein gemeinsamer Weg mit Europa, und wir werden eine Lösung finden.«

Optimistisch. Der Mann ist immer optimistisch. Dreimal das Wort Lösung. Dabei will man ihm so gerne zurufen: »Du bist zuversichtlich? Dann sag das mal deinem Gesicht!«

Ich danke ihm, und er geht ab, um vor der Kamera der Briten im Gebäude das Gleiche noch mal auf Englisch zu wiederholen. »I am very optimistic that we can find a solution today.« Sein Optimismus wird sich in den Nachrichtenmeldungen der nächsten Minuten gerade so lange halten, bis der deutsche Finanzminister auftaucht und sagt, dass er gar nicht mal so optimistisch ist. Es ist wie ein großes Theaterstück, in dem das Skript streng eingehalten wird, die Rollen klar verteilt sind und die Tragödie immer erst dann beginnt, wenn der Vorhang fällt.

Ich gehe ein bisschen aus dem Pulk heraus in Richtung Raucherecke und öffne Tinder. Die App fährt hoch, schon erscheint das erste Gesicht. Eines, das mir herrlich unbekannt vorkommt. Ich lächle. Darauf hab ich mich schon den ganzen Flug über gefreut. In Berlin und Paris, da ploppen auf Tinder immer dieselben Frauen auf, weil ich den Suchumkreis so eng eingestellt habe – ich scheue lange Anfahrtswege. Hier in Brüssel bin ich aber nur einmal im Monat, und hier gibt es eine hohe Fluktuation an Praktikantinnen und Volontärinnen und Referentinnen aus allen Ländern, und alle sind so einsam, wie ich es bin.

Eine blonde Frau lächelt mich auf dem Bildschirm an, sie sieht gut aus, ihr Gesicht ist schön, sie hat Sommersprossen, rote Wangen, ich denke, sie ist Holländerin, irgendetwas stört mich, ich kann nicht ausmachen, was es ist, ich zögere, dann wische ich nach links. Die Nächste ist eine Brünette, das Foto sieht sehr gestellt aus, sie hat ein Glas Champagner in der Hand, dahinter ein Sonnenuntergang, irgendwie versinkt alles im Dunkel, dennoch wische ich nach rechts. Es sieht nach Südfrankreich aus, meine Sehnsucht springt an. Einen Versuch ist es wert. Dabei sieht sie aus, als würde sie sich sicher nicht melden. Die folgenden Fotos sind ein europäisches Potpourri. Eine Spanierin auf einem Pferd. Wusch, nach links. Eine blonde Frau, sicher eine Schwedin oder eine Dänin? Sie trägt einen Bikini und steht bis zum Nabel im Meer. Wusch, nach rechts. Eine große Schwarze, die Haare kurzgeschoren, niemals matcht sie mit mir, aber sie macht mich an. Wusch, nach rechts. Dann ein Gesicht, das mir einfährt. Eine Frau, die ich nicht einschätzen kann. Ist sie 25? 21? 31? Eine Portugiesin? Eine Spanierin? Dunkle Locken, lange Haare, tiefbraune Augen, kein Lächeln, nur ein interessierter Blick, als suche sie etwas in der Kamera. Nur sie ist auf dem Foto zu sehen, kein Sonnenuntergang, kein Champagnerglas, kein Pferd. Nur sie. Wusch. Nach rechts.

In diesem Moment hält der deutsche Finanzminister mit seiner riesigen grauen S-Klasse vor den Kameras. Ein kurzer Moment, denn er braucht die Zeit, von Bodyguards abgeschirmt aus seinem Auto zu steigen. Dann rollt er an uns vorbei ins Gebäude, um sein Statement abzugeben. Ich renne hinterher. Drinnen sind Kamerateams des deutschen Fernsehens aufgebaut, um den Minister interviewen zu können. Ich komme gerade rechtzeitig, um den alten Herrn noch sagen zu hören:

»… Griechenland doch nichts geliefert. Wenn ich mit meinen Kollegen hier spreche, dann wissen wir alle nicht, was Griechenland eigentlich will. Wollen sie drinbleiben? Wollen sie raus? Wir wissen es nicht. Ich bin jedenfalls nicht sehr optimistisch, aber nun müssen wir abwarten.«

Es hagelt Nachfragen. Er wischt sie weg, indem er sein typisches Haifischgrinsen aufsetzt und einfach abfährt, in Richtung Sitzungssaal.

»Nun müssen wir erst mal reden, nachher sehen wir uns wieder«, sagt er, während er uns schon den Rücken zuwendet. Wow, was für eine Überraschung. Zwei Fronten bei den Finanzministern. Genau wie bei der letzten Sitzung. Und der davor. Ein Riss geht durch den Kontinent. Nord und Süd. Reich und Arm. Geber und Nehmer. Das wird wahnsinnig aufregend, darüber zu berichten. Die Zuschauer daheim in Calais, Nizza oder Clermont-Ferrand werden nach der 18-Uhr-Schalte so klug sein wie vorher. Und ihnen wird die griechische Tragödie noch mehr zum Hals raushängen, weil sich nichts bewegt, weil alle nur streiten.

Wer fehlt noch? Ach ja, der Grieche.

Bevor ich Tinder wieder öffnen kann, hält draußen der schwarze VW-Bus, der die griechische Delegation ausspuckt. Als Zeichen der Sparsamkeit wahrscheinlich, alle anderen Länder kommen schließlich im Mercedes oder BMW. Heute ist der erste Auftritt des neuen griechischen Finanzministers. Sein Vorgänger kam immer ohne Krawatte, er hat eine scharfe Ehefrau und fährt daheim in Athen Motorrad, früher auch ohne Helm. Das mochten die anderen Finanzminister gar nicht: Mit so einem Rüpel wollten sie nicht verhandeln, und dann hielt er ihnen auch noch Vorträge über finanztheoretische Zusammenhänge. Also haben sie ihm das Leben so lange schwergemacht, bis der Mann sein Amt entnervt aufgab. Demokratie in Zeiten der Krise. Brüssel entscheidet, wer wo Minister sein darf und wer nicht.

Nun also steigt der neue Finanzminister aus, auch er trägt keine Krawatte, aber einen grauen Wollpullover unter einem schlichten Sakko. Er sieht nett aus und ungefährlich, biegsam eher, wie ein freundlicher Großvater. Mit dem können die anderen bestimmt gut verhandeln. Der kleine Mann mit den dunklen Haaren stellt sich vor die Kameras.

»Guten Tag, meine Damen und Herren«, beginnt er in holprigem, aber verständlichem Englisch. »Wir haben eine sehr schwierige Situation. Die Spareinschnitte, die wir bereits unter meinem Vorgänger durchgeführt haben, bringen unser Land mit jedem Tag näher an den Rand einer Katastrophe. Dennoch wollen wir mit der EU und den Gläubigern zusammenarbeiten. Wir sind bereit ...«

Ich schweife ab, meine Augen wandern umher, als würden sie von etwas angezogen. Oder von jemandem. Sie bleiben an einem anderen Augenpaar hängen. Neben dem Finanzminister, seinem Leibwächter und dem alten Pressesprecher steht eine Frau. Es ist die Frau von eben. Die Frau von *Tinder*. Die Frau mit den irrsinnig dunklen Augen. Sie schaut unverwandt nach vorn auf die Wand aus Kameras. Ich beobachte ihren leicht gespannten Blick, ihre sanften Züge, sehe, wie sie mit ihrem rechten aufgestellten Fuß leicht wippt. Die Bewegung ihrer Hüfte und ihres Beines. Ich hebe den Blick, unsere Augen treffen sich. Mist, verdammter! Sie hat bemerkt, dass ich sie beobachte. Ich zucke zusammen. Sie schaut mich an, guckt fragend und lächelt ganz kurz, vielleicht den Bruchteil einer Sekunde. Habe ich zu doll gestarrt, dass sie so direkt reagiert? Ich lächle zurück, der Moment entgleitet mir, ich kann sogar spüren, wie er mir entgleitet, weil ich weiß, dass ich keine Zeit habe, gleich ist sie weg, und so zwinkere ich einmal mit dem rechten Auge. Und will mich sofort ohrfeigen. So ein Mist. Zwinkern. Was für eine bescheuerte Idee. Was ist nur in mich gefahren?

Und dann ist der Moment vorbei. Der Minister kommt zum Schluss.

»... bin ich voller Hoffnung. Vielen Dank. *Efaristo*.«

Er geht ab, sie dreht sich weg und folgt ihm. Eine Griechin. Mein Zutrauen in meine Tinder-Schätzfähigkeiten schwindet.

Ich schaue auf die Uhr. Mist. Doppelmist. Ich spurte los, nehme zwei Stufen auf einmal und renne nun Richtung Balkon.

17:54 Uhr. Ich finde die Schaltposition sofort, es ist die gleiche wie immer, begrüße den Kameramann der belgischen Firma, und der reicht mir den Stecker, den ich mir ins Ohr presse, und das Mikrofon. Ich ziehe den gelben Mikrofonschoner mit dem französischen Senderlogo darüber und höre im Ohr schon den Sendeton, gerade läuft die Werbung. Mein Handy klingelt. Der Chef vom Dienst? Der Sprecher des Präsidenten? Nein, Oma. Herrje. Sie weiß immer, wann ich in Deutschland auf dem Sender bin. Aber französische Sender kann sie nicht empfangen. Ich drücke sie weg.

Auf dem kleinen Monitor vor mir startet der Vorlauf der Nachrichten. Die blauen Graphiken des Intros, dann erscheint Daniel, der Moderator der 18-Uhr-Ausgabe auf dem Bildschirm, lächelnd, professionell, gewinnend.

Der Regisseur spricht mich an:

»Hallo nach Brüssel. Können Sie mich schon hören?«

»Klar und deutlich.«

Nun bin ich bester Laune, ein Lachen in die Kamera, Routine vor der Liveschalte. Einige Sätze für den Ton: »Hier in

Brüssel regnet es, dabei steht den Griechen das Wasser ohnehin bis zum Hals.« Der Kameramann grinst, die Regie lacht in mein Ohr, und ich fühle mich dämlich.

18 Uhr, die Melodie der Hauptnachrichten. Los geht's.

»Und wir schalten direkt nach Brüssel zu unserem Reporter vor Ort. Wir haben es gerade im Beitrag gehört: Die Situation ist verfahren. Der EU-Kommissar und der deutsche Finanzminister sind sich uneinig, und der griechische Kollege will weitere Zugeständnisse der anderen Europäer. Rechnen Sie heute mit einer Einigung?«

Ich straffe die Schultern, lächle bei der Frage und denke darüber nach, wie gut es ist, wenn sie immer jemanden ins Studio setzen, der zeigen will, wie klug er doch ist. Da bleibt mir exakt nichts mehr zu antworten, weil der Moderator alles schon vorweggenommen hat. Doch es gibt ja immer noch die vorgestanzten Bemerkungen und Einschätzungen:

»Daniel, eine Einigung, das käme dem Wunder von Brüssel gleich. Weil die Positionen einfach zu unterschiedlich sind. Griechenland braucht dringend die Auszahlung einer weiteren Milliardentranche, sonst ist das Land am Monatsende pleite. Doch die Geberländer, die Deutschen, die Holländer, die Schweden, verweisen darauf, dass dafür erst die Reformen durchgezogen werden müssen. Klar ist: Das wird eine lange Nacht. Ich habe mir mein Kuschelkissen jedenfalls mitgebracht.«

Paris dankt. Ein Lächeln. 1 Minute, 30 Sekunden, Pointe zum Schluss. Abgang. So muss das sein.

Oma ruft oft an in letzter Zeit, denke ich, noch bevor ich den Schlusswitz gemacht habe.

# Jarret de Porc

## 2015

Die ziemlich heiße Kellnerin bringt zwei halbe Liter Bier. Ich sehe ihr nach: helle, kurze Haare, Ringel-T-Shirt in Schwarz-Weiß, dazu ein schwarzer Rock, schlanke Waden, schöne Fesseln in den Ballerinas.

Alain schaut mir belustigt zu: »Ach ja, das tolle Singleleben. Du brauchst dich nicht zurückzuhalten, bei den Beinen.« Ich sehe ihn an. Der Nichtsingle in Perfektion. Seit einem Jahrzehnt. Oder mehr. Mit derselben Frau. Einer sehr schönen Frau. Beide leben zusammen in einem gekauften Haus in der Altstadt von Luxemburg. Sie arbeitet dort für einen Internetriesen, er ist der Korrespondent der AFP in Brüssel, ein kluger junger Mann, viel klüger als ich. Und viel fleißiger. Weil er der Erste sein muss, der die Nachrichtenlage überblickt, sich mit allem auskennt und seine Erkenntnisse aufschreibt.

Das Schlimmste: Bei ihm muss alles stimmen. Bei mir reicht es, wenn ich die Dinge, die er schreibt, weltgewandt vortrage. So tue, als hätte ich sie selbst erfunden. Dabei kommt alles von ihm – und seinen Kollegen. Die nicht ihren Flug verpassen, sondern längst da sind, im Pressezentrum, während ich noch im Hotel einchecke. Und noch da sind, während ich bereits wieder in der Wanne liege. Ich schaue zu ihm auf, auch wenn er das nicht weiß. Ich mag ihn echt gerne. Und er mag mich gerne und schaut vielleicht aus genau den entgegengesetzten Gründen zu mir auf – weil ich so weltgewandt vortragen kann. Ich glaube es nicht, aber ich habe ihn auch nie danach gefragt. Wir stoßen an und prosten uns zu. Ein Bier. Endlich.

Wir sitzen im *Les Brassins*, ein toller Laden. Retroplakate von belgischen Bieren an den Wänden, viele Kerzen, schwere Holztische. Eine hölzerne Bar beherrscht den Raum.

Wir sind mit dem Taxi vom Rat hergefahren, nun, da die Minister ihrerseits beim Abendessen sitzen und bis in die Nacht debattieren. Nun haben wir Zeit, Alain bis zu den nächsten wichtigen Verlautbarungen und ich bis zur 23-Uhr-Schalte. Die um 22 Uhr habe ich Paris ausgeredet, weil ohnehin nichts vorangeht. Auch Alain glaubt, die Sitzung geht bis drei, vier Uhr.

Wir haben *Jarret de Porc* bestellt, knusprige belgische Schweinshaxe, für Alain gibt es Stoemp dazu, Kartoffelbrei, ich habe Fritten bestellt, dazu die süß-scharfe Senfsauce, die sie hier so toll machen. Es ist voll, der Laden brummt, nur junge Leute, die eine Hälfte Einheimische, die andere Hälfte EU-Angestellte, Journalisten. Die Kellnerinnen sind wirklich ausnahmslos jung und hübsch, geradezu aufsehenerregend hübsch. Sie sind alle Brüsselerinnen und würden sich nie mit den Expats aus dem EU-Viertel einlassen. Purer Selbstschutz. Weil die eine Hälfte der Stadt immer hier war, ist und sein wird – und die andere Hälfte der Bewohner alle Jubeljahre einmal komplett ausgetauscht wird, wenn der Wanderzirkus nach einer Wahl einfach weiterzieht. Ich weiß das. Und komme trotzdem sehr gern in diesen Laden.

»Und? Hast du noch viel zu tun?«, fragt Alain. »Das wird eine lange Nacht.«

Darauf sind wir eingestellt, und wir wissen, wie wir uns vorbereiten müssen, damit wir nachher schlafen können, auf den harten, gelben Sesseln im Pressesaal. Jetzt das Bier, dann haben wir noch eine Flasche Rotwein aus dem Piemont bestellt, der kommt zusammen mit dem Schwein. Mit dieser Mischung schaffe ich es normalerweise, sogar während der Pressekonferenz die Augen zu schließen. So mancher Journalist erreicht das Einschlafen auch ohne Rotwein, allein wegen salbungsvoller, inhaltsleerer Sätze des EU-Währungskommissars.

»Ich habe noch eine Schalte, und dann muss ich auf das Ende der Sitzung warten und einen Aufsager für morgen früh produzieren.«

So heißen die Reportereinschätzungen, die statt einer Liveschalte einfach zu jeder Zeit ausgestrahlt werden können. Alain nickt.

»Ich muss die Zusammenfassung für morgen früh schreiben – nach der Pressekonferenz des Ministers.«

Es ist wie jedes Mal. Ankunft, Sitzung, wir essen, trinken, warten, dann Pressekonferenz. Und ab ins Bett. So gegen 4.

»Wie geht's dir denn?«, fragt Alain. Wir haben uns zwei Monate nicht gesehen, den Monat davor war er im Urlaub und hat nicht an der Eurogruppe teilgenommen. So haben wir uns verpasst. In der Zeit, in der er in Brüssel ist und ich in Berlin oder Paris, hören wir uns eigentlich nie, obwohl wir beide gleichermaßen antworten würden: »Ja, wir sind befreundet.« Manchmal rufe ich ihn im Büro an, um etwas Exklusives zu erfahren. Er erzählt immer eine kleine Story, doch so richtig exklusive Dinge lässt er natürlich nie raus. Würde ich auch nicht tun. Auch weil ich von einer exklusiven Story meilenweit entfernter bin als er, der ständig in den Hotels der Minister rumhängt und auf spannende Dinge wartet, während ich schon wieder nach Hause fliege.

Die Kellnerin unterbricht uns, indem sie den Rotwein bringt und das Jarret. Die riesige Haxe dampft auf dem Teller, goldbraun ist sie gebacken, genau wie die Pommes frites daneben. Es sieht toll aus und riecht so gut, es ist genau das, was ich an diesem Tag brauche, an dem ich mich gerade mal dreieinhalb Kilometer bewegt habe: den Weg in Paris zur Gare du Nord, vom Bahnhof in Brüssel zum Taxi und dann immer wieder die Treppe im Ratsgebäude rauf und runter.

»Guten Appetit«, murmele ich hungrig und reiße mir das erste Stück Fleisch aus der Haxe. Die Senfsauce ist süßlich-herb, die Pommes sind kross, das Fleisch rot und saftig. Unglaublich, das kriegen so nicht mal die Deutschen hin.

Ich antworte auf Alains fünf Minuten zurückliegende Frage kauend und mit glücklich verklärtem Gesichtsausdruck: »Mir geht's gut. Ich hab richtig gut zu tun. Morgen wieder zurück nach Berlin in die Redaktion, da bin ich dann den Rest der Woche. Die buchen mich die ganze Zeit, weil ich einfach immer ans Telefon gehe. Und dann fliege ich am Sonntag nach Paris, nächste Woche bin ich dort im Sender. Vielleicht geht ja auch noch was mit Breaking News nächste Woche.«

Terroranschlag. Naturkatastrophe. Regierungskrise. Es ist unglaublich in diesen Monaten. Immer wieder klingelt mein Handy, immer ist es eine der Redaktionen, für die ich arbeite, es ist ein Wettlauf geworden. Sie wissen, dass ich innerhalb von 20 Minuten am Flughafen bin und abfliege. Und erst danach frage, was überhaupt passiert ist.

Natürlich will ich nicht, dass etwas Schlimmes passiert. Aber wenn etwas Schlimmes passiert, heißt das: Ich darf dabei sein. Ich muss nicht zu Hause sein oder in der Redaktion. Ich bleibe in Bewegung.

»Und wie geht's dir?«, beharrt Alain. »Privat, meine ich.«

Ich schaue auf meinen Teller, ärgere mich über sein Insistieren. Dann spüre ich, wie es in meiner Hose surrt. »Warte kurz«, murmele ich und greife zu meinem iPhone. »Match«, steht da in der Push-Nachricht von Tinder. Dann schon das Mailzeichen: »Neue Nachricht.« Ich öffne die Anzeige. Ihr Foto erscheint. Das griechische Mädchen.

Sie hat mich angeklickt und nach rechts weggewischt. Match. Treffer. Ja.

Sie schreibt auf Englisch:

*»Hallo, Fremder. Verrückter Moment da vorhin. Noch verrückter, Dich hier wiederzusehen. Wollen wir uns später auf einen Drink treffen? Best, Agápi.«*

Agápi.

Ich werde rot, sehe deshalb lieber nicht zu Alain auf und brauche keine Minute, um meine Antwort hinzutippen. Frauen warten lassen ist von vorgestern. Von vor Tinder.

*»Hallo Agápi. Das wäre großartig. Wie lange wird die Sitzung gehen?«*

Ein Gruß, absenden. Das Angenehme mit dem Nützlichen verbunden. *Love and News.*

Alain sieht mich unverwandt an.

»Mir … mir geht's ganz gut. Viel zu tun. Und mit Kristina ist es ja schon 'ne Weile aus oder dieses On-off-Ding, du weißt schon. Deshalb bin ich … na ja, recht umtriebig. Aber ich bin auch fast nie zu Hause. Wie läuft es mit Sam?«

Wir nehmen beide von dem Rotwein, ein samtweicher Piemonteser aus Alba. Er lächelt.

»Es ist alles sehr schön. Sie arbeitet ein bisschen zu viel. Aber wenn wir uns am Wochenende sehen, dann nehmen wir uns Zeit. Es ist toll.«

Sie haben sich bereits im Studium kennengelernt. Seitdem sind sie zusammen und dennoch folgen sie immer der Arbeit, jeder für sich. Doch auch die dauernde Entfernung hat sie nicht auseinandergebracht. Ich fand Sam immer wahnsinnig heiß. Sie sehen sich jedes Wochenende, obwohl sie diese Fernbeziehung führen. Er fährt mit der Bahn nach Luxemburg. Jeden Donnerstagabend. Es klingt anstrengend. Ich bin so was von neidisch. Auf diese Planbarkeit. Und Verlässlichkeit. Auf die Liebe.

Mein Handy surrt und verscheucht diese Gedanken. Jetzt bin ich dran. Sie antwortet.

*»Es dauert noch. Ich melde mich.«*

Sekunden darauf surrt Alains Blackberry.

*»Merde*, wir müssen los. Sitzung ist aus. Ohne Ergebnis vertagt. Sondersitzung nächste Woche. Los, wir gehen.«

Wir lassen die halbe Jarret stehen, die mittlerweile traurigen Pommes, die Senfsauce, den Rotwein für 45 Euro die Flasche. Es ist 21:42 Uhr.

Alle Experten haben sich mit dem Sitzungsende verschätzt. Davide. Alain. Der EU-Kommissar. Agápi. Ich.

# Chambre 212

## 2015

Sie hatte leise an meine Tür geklopft, vor zwei Stunden. Jetzt ist es 3:30 Uhr, und wir liegen ineinander verkeilt auf meinem Bett. Wir küssen uns, erst zaghaft wie zwei Teenager, irgendwann ziehen ihre Zähne an meiner Lippe, locken mich. Ihre Lippen sind weich und warm und voll, ich öffne die Augen immer wieder, weil ich sie sehen will, sehen muss. Ihre weiße Bluse ist weit aufgeknöpft, nur ein Knopf ist noch geschlossen, ganz unten. Sie trägt weiße Spitzenwäsche, die teuer aussieht. Ihre Haut schimmert, ich sehe den Ansatz ihrer Brüste. Noch hat sie ihren BH an. Wir lassen es langsam angehen. Ich hoffe, sie sieht mich nicht so prüfend an wie ich sie.

Die griechische Sonne hat ihren Teint geschaffen. Ich mag ihre Augen, je näher ich ihr komme, desto mehr mag ich sie. Ich selbst bin vorhin ins Bad gegangen, einfach so, ohne Erklärung, weil mir nichts einfiel. Ich zog mir dort mein Hemd aus, ich wollte nicht, dass sie mich dabei sieht.

Sie hatte mir geschrieben, noch bevor ich im Ratsgebäude angekommen war:

»Hi. Ich bin zu erschöpft, um noch auszugehen. Wollen wir uns bei Dir treffen? Bei mir geht nicht. Es ist das Delegationshotel.«

Ich antwortete sofort:

»*Renaissance Hotel, Chambre 212. À bientôt.*«

Ich hatte noch zwei Aufsager für die verschiedenen Sendungen produziert, etwas über »weitreichende Differenzen« erzählt, die man »auf einer Sonderkrisensitzung« in zwei Wochen gesondert besprechen würde, eventuell würden sich auch die »Staats- und Regierungschefs noch mal dazu treffen müssen«, und am Schluss hatte ich das schöne leere Wort »Chefsache« benutzt. Pointe. Abgang. Feierabend.

An der Bar im *Café d'Autriche* gab es noch bis Mitternacht Jupiler-Bier, dem ich zusammen mit der sehr hübschen Kollegin vom ORF und ein paar alten Schreiberlingen von *Neuer Zürcher Zeitung* und *St. Galler Tagblatt* ordentlich zugesprochen hatte. Dass Bier im Ratsgebäude beinahe billiger ist als Espresso, ließe wohl auch viel Raum für Journalistenpsychogramme.

Ich nahm ein Taxi ins Hotel. Ich spürte mein Herz, es schlug mir bis zum Hals, ich legte den Kopf gegen die regennasse Scheibe und trommelte auf den Ledersitz. Warum war ich aufgeregt? Sicher nur der lange Tag, die Reise aus Paris, Hasten in den Rat, Hasten ins Resto, Hasten ins Hotel. Ein heißer Tag. Der Taxifahrer sprach nicht, was für ein toller Kerl, er fuhr einfach die fünf Minuten bis zur Place du Luxembourg durch dunkle Straßen, die Büros waren ausgestorben, das EU-Viertel-Raumschiff war gelandet, keine Spuren menschlichen Lebens.

Sie hatte geklopft, nachdem ich geduscht, mich wieder angezogen und den Gin aus der Minibar genommen und mit leichter Zugabe von Tonic trinkbar gemacht hatte.

Sie war ohne jedes Zögern eingetreten. Wir hatten uns erst einmal gesehen, eine Minute aus der Ferne, es war vor zwölf Stunden gewesen und fühlte sich an, als sei es ewig lange her.

Wir hatten uns zur Begrüßung auf die Wangen geküsst. Dann setzte sie sich auf mein Bett. Sie war wirklich erschöpft, ich sah die Müdigkeit, und doch lachte sie. Ich gab ihr ein Glas, und sie lachte wieder, sie war so präsent, wir sahen uns an, sprachen Englisch, sie hatte einen süßen griechischen Akzent:

»Ich mache das nicht sehr oft, dass ich irgendeinem Mann schreibe und mich gleich mit ihm treffe.«

Ich wollte mich gleich an ihr Lachen gewöhnen, es war ein schönes, offenes Lachen, ihre dunkelbraunen Augen funkelten. Doch zugleich hatte sie die Arme verlegen um den Oberkörper geschlungen, vielleicht war ihr kalt, sie sah sich um, mein Hotelzimmer war Standard, vielleicht ein bisschen besser als belgischer Standard, es gab sogar einen Schreibtisch. Und eine Badewanne. Ihr suchender Blick gab mir die Gelegenheit, sie weiter anzusehen: Sie war noch schöner, als ich es am Nachmittag wahrgenommen hatte. Ich hatte das Foto auf Tinder im Verlauf des Abends noch circa tausendzweihundertmal betrachtet. Doch nun sah ich ihre Bewegungen, ihr Gesicht, ihre Regungen. Die dunklen Locken ungezähmt und ungezählt.

»Was machst du so?«, fragte ich sie, ich fand das einen lässigen Gesprächsstart, wusste aber gleichzeitig, dass ich einfach nur beschissen aufgeregt war, in diesem Moment mit einem fremden Mädchen aus dem Internet auf meinem Zimmer. Und sie war ja nicht irgendein Mädchen. Irgendeine Frau. Sie war die, die ich gewollt hatte. Neben den anderen, die ich vorher nach rechts gewischt hatte. Sie hatte mich angesehen, mit diesem zarten Lächeln, ironisch, selbstbewusst.

»Ich bin Referentin in der Pressestelle des Ministers. Es ist mein erstes Jahr dort, ich komme von der Uni in Saloniki. Aber es läuft gut. Deshalb bin ich schon in Brüssel dabei.«

Das konnte ich mir vorstellen. Sie war jung, klug, und sie war rasend schön, sie war ein Hingucker, das öffnete Türen, das konnten auch der Pressesprecher und der Minister nicht übersehen haben. Die Griechen brauchten Fürsprecher in diesen Tagen.

»Und du bist also Reporter?«

Ich nickte und lächelte sie an: »Genau. Ich bin Deutsch-Franzose, ich pendele zwischen den Hauptstädten und den Sendern. Ich hab 'ne Wohnung in Berlin und eine WG in Paris und arbeite für zwei Nachrichtensender als Freelancer. Du siehst, ich bin immer unterwegs.«

»Das klingt toll. Du kommst viel rum. Und du bist doch noch sehr jung, oder?«

Merkwürdig, dass ausgerechnet sie mir diese Frage stellte. Dabei war sie doch bestimmt viel jünger als ich.

»Na ja, ich bin schon lange dabei. Sag, Agápi, wie ist es, derzeit ausgerechnet für diese Regierung zu arbeiten?«

Sie grinste, als hätte sie die Frage erwartet.

»Es brennt an allen Ecken und Enden, und gerade dadurch habe ich das Gefühl, Teil von etwas Großem zu sein, weißt du? Ich weiß gar nicht, wann ich zuletzt in meiner Wohnung in Athen war, geschweige denn, wann ich meine Familie das letzte Mal besucht habe.«

»Bist du in Athen aufgewachsen?«

»Nein, in Ioannina, das ist eine kleine Stadt im Osten Griechenlands, sozusagen in der linken oberen Ecke.«

Mir gefiel diese einfache Erklärung der geographischen Lage. Ich begann sie zu mögen. Ja, ich mochte sie wirklich. Sie war selbstbewusst, sie war klug. Wie viel wusste sie von den Plänen ihres Ministers? Ich fragte es mich und schämte mich im selben Moment dafür.

»Und wo stammst du ursprünglich her? Berlin oder Paris?«

Ich stockte. Natürlich wusste ich, dass diese Frage kommen würde. Mehr über mich, meine Geschichte, meine Vergangenheit. Mir war jetzt sehr nach Sex zumute.

»Ich bin in Berlin geboren, in Lille aufgewachsen und hab dann wieder in Berlin studiert.«

»Und deine Familie?«

Eine längere Pause, ein Schluck aus dem dritten Glas Gin Tonic, ich hatte an der Rezeption nachgeordert.

»Meine Eltern sind getrennt, mein Vater lebt noch in Lille. Meine Mutter ...«

»Schon gut«, sagte sie, weil sie spürte, dass ich nicht konnte, selbst wenn ich gewollt hätte. Sie sprach die zwei Worte sanft aus, ich ging darüber hinweg, sah sie erst mal eine Weile nicht an, doch sie nahm es mir ab, erzählte ein wenig von ihrem Tag, nichts Geheimes natürlich. Nur etwas über die Anreise, der griechische Minister flog mittlerweile Economy. Die EU-Finanzminister mochten diese neue Bescheidenheit, doch der Hauptgrund war wohl, dass es wirklich Geld sparte. Ich wiederum erzählte von meinen Schalten, vom Abendessen und wie sehr es mich freute, dass sie mein Tinder-Bild gematcht hatte. Zeit für Annäherung.

Nun liegt sie vor mir, ich weiß nicht, wer betrunkener ist, sie oder ich. Ich küsse sie, heftiger, ich löse mich von ihr, betrachte ihren Körper, streichele über ihre Haut, dann senke ich den Kopf wieder. Ich küsse ihre Arme, gleite tiefer, sie nimmt meinen Kopf in die Hände und zieht mich nach oben, um mich zu küssen, ich öffne ihren BH, schnell, mit einer Hand, streife ihn ab und betrachte sie, es ist ein unglaubliches Gefühl, im schummerigen Licht der Nachttischlampe ahne ich mehr, als ich sehe. Ich mag ihre Brüste, ich spüre, wie ich mit einem Schlag glücklich werde, glücklich und erregt. Ich senke meinen Kopf, küsse sie weiter, sanft, dann drängender, meine Hand fährt in ihre Hose, sie hat ihre Hände an meinem Hintern. Ich beiße sie in die Brust, ich will ihre Lust entfachen, stärker, schneller. Ich knöpfe ihre Hose auf, sie lässt es geschehen, stöhnt leicht. Und ich, mutiger, ziehe die Hose herunter, und in einer einzigen fließenden Bewegung gleitet meine Hand in ihren Slip, passend zum BH, weiße Spitze, sehr schön, sehr teuer. Die Krise hat offenbar noch nicht auf alle Bereiche griechischen Lebens übergegriffen, denke ich und hasse mich, weil ich den verdammten Zynismus nicht aus mir rauskriege, nicht einmal in diesem Moment. Ich spüre ihre Feuchte, spüre sie, streiche über ihre rasierte Scham. Dringe mit dem Finger in sie ein.

»*Careful*«, stöhnt sie. Vorsichtig.

Ich lasse nicht nach.

»*Careful, slowly.*«

Ich bewege meinen Finger heftiger, dann einen zweiten. Sie macht sich eng, ich denke, es gefällt ihr nun doch, dann wird sie noch enger, sie windet sich und setzt sich auf.

»Junge, stopp! Das ist keine Liveschalte. Der harte Tag ist vorbei. Du kannst entspannen. Es gibt hier nichts zu gewinnen.«

Sie sagt das deutlich und dennoch lächelt sie. Ich erstarre, senke den Kopf. Sie hat mich belehrt. Ich bin beleidigt, dabei weiß ich, dass sie recht hat. Oder? Ich habe es einfach nicht geschafft, ihre Lust in dem Maße zu wecken, wie sie meine geweckt hat, allein durch ihren Anblick. Ich küsse sie vorsichtig auf den Mund, sie erwidert den Kuss, spielt mit meiner Zunge. Es ist nicht vorbei. Ich atme erleichtert auf.

Dann spüre ich ihre Hand, die meinen Gürtel öffnet, in meine Hose gleitet. Die Party kann beginnen.

# Schönwalde, Brandenburg

## APRIL 1945

Ich werde mich für immer an die braune Uniform erinnern. Eine braune Jacke, eine braune Hose. Ich erinnere mich an nichts sonst, nicht daran, ob er ein freundliches Gesicht hatte oder ein fieses.

Ich weiß, er ist ein Familienvater aus dem Dorf, wohnt im letzten Haus vor der großen Wiese, danach führt die Straße durch den Wald nach Basdorf. Er ist einer von einer Handvoll SA-Männern in unserem Dorf. Die letzten Jahre hat er mit seinen Kumpanen über das Dorf gewacht. Nein, Angst und Schrecken haben sie hier nicht verbreitet, dafür waren sie zu eingebunden in die Dorfhierarchie, und es gab ja auch niemanden, den sie jagen konnten. Er war einfach immer da, nicht gut anzusehen, mein Vater hat ihn gemieden, so wie er alles mied, das mit Hitler zu tun hatte. Doch nun spürt der Mann, dass es zu Ende geht. Er fährt auf dem Fahrrad durch unsere Siedlung, ich höre ihn, bevor ich ihn sehe, weil er in seiner Hand diese Glocke hält und ständig und vernehmbar bimmelt.

Er ruft: »Schönwalde wird geräumt. Die Russen sind schon über die Oder. Schönwalde wird geräumt.«

Dann fährt er weiter. Wer gerade weiter hinten im Garten

41

ist, wird es nicht hören. Aber was sollen wir schon im Garten machen? In unserem Garten liegt eine Brandbombe. Seit gestern Mittag. Gestern war Hitlers Geburtstag.

In den letzten Jahren sind wir häufig im Keller gewesen oder im Bunker weiter hinten in der Straße. Es gab viele Luftangriffe, die schweren Flieger, die großen Bomben. Nebenan in Basdorf ist die Bramo, das Werk der Brandenburger Motorenwerke, zu BMW gehören sie, und sie bauen dort Flugzeugtriebwerke und reparieren Flugmotoren. Die Briten bomben über unseren Dörfern und manchmal sind wir tagelang nur im Keller.

Dann kamen die Tiefflieger. Ziemlich plötzlich, der Alarm hatte uns nur drei Minuten gegeben. Es waren kleine Flugzeuge, ich habe eines gesehen, direkt über uns. Die Brandbombe landete im Garten und zündete nicht. Sie hätte auch nichts anrichten können, in diesem Jahr hatten wir nichts angebaut.

Zweiundzwanzig Meter. So weit lag sie vom Hauseingang entfernt. Zweiundzwanzig Meter weiter westlich. Dann wäre unser Haus abgebrannt.

Ein Splitter des Angriffs traf meine Schulfreundin in die Brust, sie war auf dem Weg zu ihrer Mutter, mitten auf der Dorfstraße. Sie schaffte es noch bis zu ihrem Haus, dann brach sie zusammen. Sie kam ins Krankenhaus, sie konnte nicht mit uns fliehen.

Die Russen. Einmal im Monat bin ich im Kino gewesen, mit Elfriede, auch 44 noch, als das Kriegsende weit weg schien, und wir, die Deutschen, auf der Siegerstraße. Meine Chefin, bei der ich das Pflichtjahr absolviert hatte, steckte mir immer eine Reichsmark zu. »Aber sag es niemandem, Ilse«, sagte sie immer. Das Kino lag in der Dorfmitte, ein flacher Bau. Wir waren sechzehn, wir durften nicht in die Filme. Aber ich kannte den Vorführer, den Vater meiner besten Freundin. Er ließ uns durch die Hintertür hinein.

Vor dem Film kam immer *Die Deutsche Wochenschau*. Da sprachen sie über die Russen. Über die Barbaren, die Unmenschen aus dem Osten. Die uns vernichten wollten. Dass Hitler das nicht zulassen würde. Er habe alles unternommen, seine Truppen kämpften für uns und unser Volk. Die Erfolge im Osten seien fundamental. Ich sah mit großen Augen zu. Nun waren die Russen schon über die Oder.

Die letzten Wochen spürten wir im Dorf, dass alles anders werden würde. Wir waren kopflos. Alle. Jung und Alt. Die Alten, weil sie all das schon einmal erlebt hatten, keine dreißig Jahre war das her. Und wir, weil wir spürten, dass die Alten nicht mehr schliefen.

Niemand schloss sein Haus ab in diesen Tagen, das Chaos hatte schon begonnen. Am Hitlergeburtstag waren ein paar Italiener zu uns gekommen, ohne anzuklopfen. Sie waren von den Badoglio-Truppen, raunten sie in der Siedlung, Soldaten, gesandt von Mussolinis Nachfolger, niemand wusste, auf welcher Seite sie nun standen. Sie quartierten sich im Keller ein und kochten Nudeln in unserem Heizkessel. Ich habe einen Blick riskiert und gesehen, wie die weißen Teigwaren in der Brühe schwammen, in denen ich sonst die Sachen meiner Stiefmutter und meine eigenen wusch. Sie verschwanden am nächsten Morgen wieder, an dem Tag, an dem auch wir fliehen sollten.

Unseren Wagen haben wir schon gepackt. Einen Handwagen. Wir haben keinen Pferdewagen, weil wir keine Pferde haben. Wir sind zu zweit. Meine Stiefmutter und ich. Martha und Ilse.

Fritz, mein Vater, ist schon mehr als ein halbes Jahr weg. Er ist Zimmermann, ein guter Handwerker. Er ist irgendwo vor Stettin, als Teil der Operation Todt muss er Brücken mit Holz verschalen. Und meine Tante und meine Cousine Elfriede sind schon abgehauen, vor einer Woche. Sie sind mit Wehrmachtssoldaten auf dem Weg nach Westen. Wir haben ausgeharrt, bis heute.

Auf unserem Wagen liegen ein Federbett, ein Kopfkissen und zwei kleine Koffer. Wir haben die Hoffnung, irgendwo einen Ort zu finden, an dem wir ein Federbett gebrauchen können. Dann sind da noch ein paar Schuhe, zwei Kleider, ein paar Dosen eingemachte Bohnen, zehn Eier, das ist es. Wir wissen nicht, wohin wir gehen sollen. Aber da alle in dieselbe Richtung gehen, gehen wir einfach hinterher. Und dann kommt Jan.

# Memorandum of Understanding

## 2015

Wir verabschieden uns voneinander, als der Morgen über Brüssel kommt. Die Wolken lassen keine Morgensonne zu, nur das fahle Licht des verhangenen Himmels dringt durchs Fenster. Ich habe ohnehin einen leichten Schlaf nach dieser Nacht, ein Nachglühen, eine Aufregung hat von mir Besitz ergriffen. Sie zieht sich rasch an, gibt mir einen Kuss auf die Wange, flüstert mir »*See you*« ins Ohr und schließt leise die Tür hinter sich. Keine Verabredung, keine Nummer auf dem Schreibtisch, nichts. Nun gut, wir haben ja unseren Kontakt über Tinder, beruhige ich mich. Wir werden uns schon wiedersehen. Ich will sie wiedersehen. Unbedingt.

Fand sie mich nicht gut? Zu dünn? Zu untrainiert? Zu blass gar? Die dunklen Gedanken gehen, als sich die Sonne durch die Wolken schiebt.

Keine zwei Stunden später frühstücke ich in der überfüllten Halle des Renaissance Hotels und steige dann halbwegs guter Laune vorm Hotel in ein Taxi. Ich kann nicht einschätzen, wie es gelaufen ist, der Anfang war holprig, dann wurde es besser. Das erste Mal? Eine 8,5 vielleicht.

»*Bonjour*«, sagt der mittelalte Fahrer mit dunklem Teint, und ich bitte ihn, mich zum Europäischen Rat zu fahren.

»Ah, zu den großen Tieren«, antwortet er, und ich mache mich auf eine Schimpftirade gefasst.

»Woher kommen Sie?«, fragt er.

»Berlin«, antworte ich.

Ich könnte genauso gut Paris sagen. Das hätte dem französischsprachigen Taxifahrer sicher nähergelegen. Aber ich sage immer Berlin. Das klingt hipper, Deutschland ist erfolgreicher – und wenn ich schon die Wahl habe, dann kann ich es mir ja wohl aussuchen.

»Ah, Madame la Chancelière«, ruft er und schaut verträumt in den Rückspiegel, als denke er an eine alte Flamme. »Sie haben eine tolle Kanzlerin, eine mit Visionen, eine mit Standhaftigkeit.«

Ich weiß nicht so recht, wo sich in der deutschen Innenpolitik die Visionen versteckt halten, aber ich verstehe wohl nicht so viel von dem Thema, denke ich. Das Gute in Brüsseler Taxis: Der Fahrgast muss überhaupt nichts sagen. Er ist nur Stichwortgeber und kann dann das Schauspiel genießen:

»Wir in Belgien, wir haben nur Luschen. Sehen Sie sich diese Regierung an, diesen Premierminister.«

Hat Belgien überhaupt schon wieder einen Premierminister, überlege ich? Gerade ist die größte Regierungskrise des Landes vorbeigezogen, in Brüssel regierte fast ein Jahr niemand, weil sich die Parlamentarier nicht auf eine Koalition einigen konnten.

Der Fahrer schreit nun förmlich: »Und das ist nur die Schuld der Flamen! Was soll das denn? Das sind doch überhaupt keine Belgier. Hier in Belgien wird Französisch gesprochen. Wenn mir ein Flame ins Taxi steigt, dann sage ich zu ihm: ›Reden Sie Französisch, das ist meine Heimat, hier in Belgien sprechen wir Französisch.‹«

Endlich biegt der Mann vom Kreisverkehr Schuman in die kleine Sackgasse vorm Europäischen Rat.

»*Merci, Monsieur*«, sage ich. »Sie sind ja ein sehr stolzer Wallone, wo kommen Sie denn her?«

»Aus Marokko«, antwortet er, ohne den Hauch eines Zögerns.

Ich gebe ein kräftiges Trinkgeld, er gibt mir im Gegenzug zwei leere Quittungen. Kleine Gegenleistung im Spesenparadies, allein diese Praxis sagt viel aus darüber, ob die Griechen allein die europäische Finanzmoral auf dem Gewissen haben.

Ich verlasse mein Morgentheater und gehe ins nächstgrößere Theater. Heute tagt der Ecofin-Rat, also die Finanzminister aller EU-Staaten, nicht nur derer, die den Euro haben. Es geht endlich mal nicht nur um Griechenland. In meinem Kopf aber geht es ausschließlich um Griechenland.

Agápi taucht immer wieder auf. Ich sehe ihre Brüste, ihre Scham, sehe, wie sie zwischen meinen Beinen kniet, ich sehe ihre geschlossenen Augen.

Ich checke meine Mails. Nichts. WhatsApp. Nichts. Auch nichts von Tinder. Ich nehme mir vor, ihr gleich zu schreiben, sie muss hier ja irgendwo sein.

Ich habe extra eine Stunde länger geschlafen, bin ein wenig nach dem Beginn der Sitzung in den Rat gekommen. Niemand in meinem Sender interessiert sich für die heutigen Themen des Ecofin-Rates: Lage in Zypern und Portugal, die Finanztransaktionssteuer – was für ein großartiges Wort, wenn ich mal ein Kind habe, soll das sein erstes Wort werden – und den weiteren Kleinkram.

Ich werde nachher die Pressekonferenzen anhören, dann einen Schlussaufsager machen und ab nach Berlin. Erst mal aber die Sicherheitsschleuse, dann wieder die leere Halle des

Rates bis ins Pressezentrum, Kameramann begrüßen, weit wegsetzen von den Spaniern, Laptop aufklappen, Kaffee holen. Und dann das zehnte Mal die Mails checken, Angebote der französischen Redaktion, Twitter-Trends, keine Mail von Agápi. Gerade als ich ihr schreiben will, klopft mir jemand von hinten auf die Schulter. Hoffnung. Ich drehe mich um, es ist Jens vom ZDF, der Korrespondent des deutschen Fernsehsenders. Jung, attraktiv, freundlich. Wir haben schon oft gequatscht, Themen ausgetauscht, uns exklusive Informationen vorenthalten.

»Na, Alter? Hast du schon gesehen? Das MoU zu Griechenland?«

Was soll das denn nun schon wieder sein?

»Zeig mal her, was Neues?«, frage ich und tue so, als sei mir keine Neuigkeit fremd. Das muss man beherrschen auf diesem Pflaster: so zu tun, als sei man nur noch nicht auf etwas gestoßen, weil man gerade etwas ungleich Wichtigeres herausgefunden hat.

Jens reicht mir die zwei Blätter: »Memorandum of Understanding«, lese ich und überfliege die englischen Zeilen.

Kurz zusammengefasst: Neue Hilfen für das Land, ein weiteres Hilfspaket gibt's nur mit weitreichenden Kürzungen bei Rente und Frühpensionierungen, Privatisierungen des gesamten Staatssilbers, Häfen, Flughäfen und so weiter und dazu noch Steuererhöhungen. Und der motorradfahrende Finanzminister darf nicht zurückkommen. Kleiner Scherz. Den ich sofort Jens erzähle, der nur kläglich lächelt.

Wann haben sie sich denn darauf geeinigt, und was denkst du darüber?

Das ist es, was ich hätte fragen sollen, stattdessen muss ich verdecken, dass ich mal wieder keinen Plan habe. Also sage ich:

»Ach so, das. Ja, kenn ich schon. Haben sie heute Morgen rausgegeben, oder? Ich war ein bisschen später, ich hatte eine lange Nacht.«

Ich grinse. Er grinst. Stilles Einverständnis unter Kollegen, die sich nicht über den Weg trauen.

»Genau. Neu ist die Einigung bei der Mehrwertsteuer, und die Troika darf wohl wieder ins Land und die Fortschritte selbst untersuchen. Der griechische Minister hat zugestimmt.«

Er kann es nicht lassen, mich zu belehren. Ich bin froh darüber, so spare ich mir die genaue Lektüre.

Die neue linke Regierung wollte die Troika, also die Vertreter der drei Gläubiger – EU, Internationalen Währungsfonds und Europäische Zentralbank –, eigentlich nie wieder ins Land lassen. Aber nun wird der Druck zu groß, weil es ohne frisches Geld richtig eng wird.

»Und? Was macht ihr heute damit?«

»Eine 13-Uhr-Schalte im Mittagsmagazin, und dann Beiträge für die 19-Uhr-heute und fürs heute journal. Ist ja wenig los sonst. Und ihr?«

»Ich ruf mal in der Redaktion an, wahrscheinlich nur ein paar Aufsager, die Beiträge machen sie in Paris.«

Wir verabschieden uns, freundlich, unverbindlich. Endlich kann ich weiterschreiben.

Warum hat mir Agápi denn nicht gesagt, dass sie etwas beschließen wollten. Etwas Weitreichendes. Dass es gar einen Durchbruch in den Verhandlungen gab. Wahrscheinlich wusste sie es nicht, denke ich. Nicht ihre Vertraulichkeitseinstufung. Ich will ihr gerade schreiben. Als ich Tinder öffne, sehe ich, dass sie schneller war:

»Hi. Das war schön. Sehr schön. Wir haben mit dem Memorandum viel zu tun. Ich wusste davon nichts. Das wird mich die *nächsten Tage beschäftigen. Wir fliegen in einer halben Stunde nach Athen. Sorry. Sehe dich bald, hoffe ich. Agápi.«*

Sie hatte also keine Ahnung gehabt. Gut.

Ich blicke auf die Uhr. Eine halbe Stunde. Das war vor elf Minuten. So schnell ich kann, laufe ich die zwei Treppen hinunter, vorbei an den Briefingsälen, die sich langsam füllen, bis zur Parkzone für die Limousinen. Dort, wo gestern alle ankamen, fahren heute alle ab.

Noch herrscht Leere. Ich stehe allein da mit dem vollen Aschenbecher von gestern. Warum eigentlich habe ich vor zwei Wochen noch mal aufgehört? Heute Morgen nach dieser Nacht habe ich unglaubliche Lust auf eine Zigarette. Raucht Agápi? Ich habe sie nicht gefragt.

Gerade will ich mich auf das leere Podest setzen, auf dem sonst die Kameraleute stehen, da geht es auch schon los. Zuerst öffnet sich die Pressetür, und ein kleiner dicker Redakteur rennt mit seinem Kameramann heraus, auf dem Mikrofon steht *Skai*, der griechische Nachrichtensender. Dann geht die andere Tür auf, und der kleine freundliche Minister tritt heraus, anderer Pullover als gestern, aber dasselbe Sakko. Er lächelt sanft, aber mein Blick wandert weiter, ich suche und warte, doch bis auf seinen Leibwächter bleibt der Minister allein.

Mein Griechisch ist furchtbar, so verstehe ich nur einige Brocken der Frage des *Skai*-Kollegen, der Minister antwortet kurz und knapp, ich verstehe »Hoffnung« und »Verständigung« und »Athen« und »Parlament«. Dann steigen der kleine Mann und sein Leibwächter in den schwarzen VW-Bus, und die Türen des Rates surren erneut auf und spucken den Rest der Delegation aus, den Pressesprecher, den Referenten und ganz zum Schluss, mit wehendem Haar, gehetzt, das Gesicht gerötet, Agápi. Sie sieht mich sofort, streicht sich das Haar aus dem Gesicht, doch sie hat keine Zeit, der Minister wartet, sie klettert in den Bus, dreht sich noch mal um zu mir und hebt die Hand, ganz leicht nur, kein Winken, bloß eine Geste, ich hebe meinerseits die Hand, es ist ein stilles Zeichen des Erkennens, des Einvernehmens, es ist unsere Berührung zum Abschied. Die Schiebetür schließt sich, ich sehe sie, den Kopf zum Pressesprecher gewandt, der sagt etwas, sie lacht, alle im Bus lachen, ich bin eifersüchtig und weiß nicht recht, warum, dann springt der Motor an, Abfahrt, der Bus verschwindet, die Rampe hoch auf die Rue Froissart, nach links weg Richtung Flughafen. Schade, ich hatte mir ein kleines Treffen an der Café-Bar des *Autriche* vorgestellt, damit die Kollegen sehen können, mit wem ich verkehre. Vielleicht auch einen Kuss im leeren Briefingraum der Slowakei. Ich war nun schon Dutzende Male im Rat und habe noch nie jemand angetroffen im Briefingraum der Slowakei. Gibt es Slowaken in Brüssel?

Ich steige die Treppen wieder hoch, eine neue SMS, die deutsche Delegation, ich bin in allen wichtigen Verteilern:

»Pressekonferenz mit dem Finanzminister, im deutschen Briefingraum in 15 Minuten.«

Na, das geht ja schnell. Die Punkte Zypern und Portugal waren offenbar nicht sehr problematisch. Denke ich zu dieser Zeit. Ein Jahr später ist die Lage schon eine ganz andere, weil Zypern das erste Land ist, das seinen Sparern das Geld wegnimmt. Jede Summe, die 100 000 Euro übersteigt, wird einbehalten.

Kurz darauf rufen die französischen Diplomaten an, sie wollen immer persönlich mit einem sprechen, um zu überprüfen, ob man auch wirklich in der Pressekonferenz sein wird. Sie beginnen immer ein wenig vor den Deutschen. Die zwei Länder, die sich offiziell so innig verbunden sind, wollen doch immer konkurrieren, und die Franzosen wollen beweisen:

»Wir sind die *Grande Nation*«, dabei ist der Kampf doch längst entschieden. Deutschland hat gewonnen in allen Belangen: Arbeitsplätze, Wirtschaft, bis zu jener Zeit noch keine Terroranschläge auf deutschem Boden, eine zupackende Kanzlerin statt eines schmallippigen Präsidenten mit dauerhaft schiefer Krawatte. Den Franzosen bleibt nur, dass ihre Pressekonferenz früher anfängt. Na bitte.

Ich bin pünktlich im Sitzungssaal. Sehen und gesehen werden, gut möglich, dass es dafür Bonuspunkte vom Sprecher gibt und dass es mit diesen Punkten einfacher ist, bald mal wieder eines dieser einstündigen, unendlich faden Exklusivinterviews mit dem Minister zu bekommen. Ich kann gar nicht sagen, wie oft ich in so einem Pressesaal auf mein Handy schaue, das läuft rein auf der Reflexebene, heute zähle ich mal mit. Bis zum Eintreffen des Ministers nach 20 Minuten – die Franzosen sind trotz zeitiger Einladung nie pünktlich, sie fangen immer später an als die Deutschen –, bis zu seinem Eintreffen also, sind es heute elfmal. Facebook, Twitter, kurz Mails checken. Und das dann noch zehnmal, in umgekehrter oder abgewandelter Reihenfolge.

Ich überlege, was ich Geistreiches an Agápi schreiben könnte. Als ich aufsehe, hat der Minister schon angefangen zu reden, ich habe es nicht mal gemerkt. Ich höre ihm zu, diesem glatzköpfigen Langweiler mit seiner glatten Karriere und dem kalkulierten Lächeln, und denke an Agápi. Wie zart sie ist. Wie schön. Wie selbstbewusst und doch zurückhaltend. So anders als ich, denke ich, und will sie nur noch mehr.

Ich sehe sie vor einer Taverne in Athen in einer Gruppe von Freundinnen sitzen. Wahrscheinlich wäre sie gar nicht die Lauteste von allen, die, die den Ton angeben würde. Wahrscheinlich würde sie zuhören, lächeln, ab und zu in der Runde hin- und herschauen, um alle einzubinden, und dann am

Schluss der Diskussion etwas Kluges, Abwägendes sagen, das die ganze Sache klärt. Und dabei würde sie wunderschön aussehen.

Bin ich verliebt? Ja, das bin ich. Nach nur einer Nacht. Ob sie es auch ist? Ihr Abgang war schnell gewesen. Warum hatte sie mich nicht noch treffen wollen vor dem Abflug?

Augen zum Minister: »Bla, *la Grèce*, blabla, *le Portugal*, blablabla, *la République de Chypre* ...«

Es ist eine Aneinanderreihung von Floskeln, man sei sehr erfolgreich gewesen, man habe Griechenland noch mal aufgezeigt: »Bis hierhin und nicht weiter«, und nun – Achtung, meine Lieblingsformulierung, absolut sinnentleert – liege der Ball im Feld der Griechen. Das sagen die Griechen übrigens auch immer. Der Ball liege im Feld der Gläubiger. Es ist der Wahnsinn, in Brüssel fliegen seit Monaten so viele Bälle hin und her wie in einer WM-Vorrunde.

Ich habe genug, erhebe mich langsam, nicke dem Pressesprecher zu, zeige auf meine Uhr und deute mit der Hand ein Mikrofon an, »Liveschalte« soll das heißen, damit er weiß, dass ich ganz Wichtiges zu tun habe und deshalb gehen muss. Kaum aus der Tür, schließe ich diese leise und gehe zügig die zehn Meter nach rechts zum deutschen Briefingraum. Dort läuft die Pressekonferenz schon eine ganze Weile, beim Thema Griechenland sind sie knapp vorm Ende, ich kann gerade noch meine Frage stellen.

»Herr Minister, was gibt Ihnen denn den Glauben, dass Griechenland seinen Verpflichtungen diesmal nachkommt, nach all den zugesagten und gebrochenen Versprechen der letzten Monate?«

Der alte Herr, grauer Anzug, graue Krawatte, setzt sein Haifischgrinsen wieder auf: »Ich bin immer guten Glaubens, aber ich bin nicht gutgläubig. Die Kollegen in Athen müssen zeigen, dass sie verstanden haben, und heute hatte ich den Eindruck: Sie haben verstanden.«

Der Minister sieht mich unverwandt an, ich muss an Agápi denken. Er fährt fort: »Und, Sie sehen ja, es ist gelungen, mit unserer Rettungspolitik Länder aus diesem Schlamassel zu holen. Sehen Sie sich Irland an, sehen Sie sich Portugal an, die Zahlen stimmen, diese Staaten sind auf dem rechten Weg. Es geht also.«

Er schließt, nächstes Thema. Er behauptet das immer wieder, und die Kollegen schreiben alle fleißig mit. Und sie schreiben es dann in ihren Zeitungen, wiederholen es auf ihren Sendern. Ich bin dreimal in Portugal gewesen in den letzten zwei Jahren, habe Bekannte dort, eine Familie, gutverdienende Journalisten, die regelrecht aus dem Land flüchten mussten, weil sie sich nichts mehr leisten konnten, Job weg, gute Wohnung weg, kaum Geld für Essen. Die Banken waren gerettet, das war's, was der Minister meinte, doch er verschweigt, dass die Armut um sich greift, die Rentner verwahrlosen und die Jugend die Hoffnung verloren hat, noch eine Generation zu werden, in der mehr als jeder Zweite Arbeit hat. Der Minister stellt Portugal als strahlendes Vorbild der Rettungspolitik dar, und wir alle hören uns das an und sagen nichts. Wir, in unserer Blase von schicken Altbauwohnungen in gentrifizierten Vierteln, die keinerlei Not haben, weder heute noch übermorgen.

Ich höre mir noch die letzten fünfzehn Minuten der Pressekonferenz an, dann renne ich die Treppen hoch zu meinem Kamerateam. Mein Flug geht bald. Schnell den Aufsager produzieren. Auf dem Balkon vor den Flaggen der Staaten zupfe ich die rot-schwarze Krawatte zurecht, gucke in die Linse, strecke meinen Rücken durch und setze mein Lächeln auf:

»Das ist wohl die allerletzte Chance für Griechenland.

Gibt's kein neues Geld aus Brüssel, ist der Staat in einem Monat pleite. Die Forderungen der Gläubiger sind hart, doch andere Länder, Portugal und Irland etwa, haben vorgemacht, dass es möglich ist, den Rettungsschirmen zu entkommen. Der Ball liegt jetzt im Feld der Griechen.«

Keine Pointe. Abgang. Ich denke unentwegt an Agápi.

# Süß war gestern

## 2015

Ich drücke die zweite Zigarette des Tages aus. Es ist kurz nach zehn. Der schwarze Mini Cooper blinkt auf, als ich die Karte von *DriveNow* an das kleine runde Schild halte, mit dem sich der Leihwagen öffnen lässt. Praktisch ist das, ich brauche kein Taxi, kein eigenes Auto und muss nicht die schreckliche Berliner U-Bahn nehmen.

Die Bötzowstraße liegt friedlich da, die Hipster schlafen noch, die kleinen Kinder schon wieder. Eigentlich sind da überhaupt keine Menschen. Es ist noch früh am Vormittag an einem Samstag in der Urlaubszeit, die Stadt ist leer, es gibt sogar in meiner Straße Parkplätze. Das Auto springt an und mit ihm das »Spreeradio«, »die besten Hits der 80er und 90er«. Wer saß denn hier zuletzt drin?

Los geht's, erst hoch zum Kollwitzplatz und dann an den See. Im Auto zünde ich mir eine neue Zigarette an. Das Fenster runter, biege ich in die Husemannstraße ein. Ich sehe sie schon von weitem: Kristina, einen Jutebeutel in der Hand, mit ihren Habseligkeiten für den Tag, Badesachen, Sonnencreme, wahrscheinlich auch Kondome. Ich kenne sie. So lange schon. Mir kommt es vor wie eine Ewigkeit. Neben ihr steht Karl. Wir drei wollen heute einen Ausflug machen, Liepnitzsee, Sonne, Schwimmen. Keine Politik. Kein Streit. Hoffentlich. Die Tür schwingt auf, »Hey«, »Hey«, »Wie geht's?«, »Lang nicht mehr gesehen, was war denn los nach letzter Woche?«

Kristinas Frage. Ich stöhne unhörbar.

»Es war die Hölle los, ich musste letzte Woche drei Abende länger arbeiten. Und dann haben sie mich plötzlich gefragt, ob ich nach Istanbul könnte, wegen des Anschlags. Bin gestern erst zurückgekommen.«

Letzteres stimmt sogar. Nur hatten sie nicht mich gefragt, ob ich fliegen könnte. Ich hatte drei Push-Nachrichten von Al-Jazeera, CNN und BBC bekommen, und bevor auch Spiegel, TF1 und France2 einen Push schicken konnten und es alle Kollegen kapiert hatten, hatte ich schon im Breaking-News-Desk des deutschen Senders angerufen und mich um den Flug beworben. Eine Stunde später war ich in Tegel, drei Stunden später in Istanbul, noch mal drei Stunden später live auf dem Sender – und zwar gänzlich ohne Informationen, schließlich war ich ja im Flugzeug gewesen, und da war es recht schwer, gewinnbringend Recherche zu betreiben. Einen Sonnenbrand und 28 Liveschalten später, dazu drei Nächte in einem ziemlich abgeranzten Istanbuler Vier-Sterne-Hotel war ich gestern Nacht in Berlin gelandet, der Sender hatte Business-Class für den Rückflug springen lassen. Nun hatte ich endlich frei.

In Istanbul hatte ich mich auf Kristina gefreut, auf etwas, das Zuhause war, auf Nähe, Wärme, Sex, ich hatte mich einsam gefühlt in diesem riesigen Moloch. Nach dem vielen Adrenalin bei den Schalten am Anschlagsort war ich in ein Loch gefallen und lief ziellos durch die Straßen.

Nun sitzt sie neben mir, und die Freude weicht dem bekannten Gefühl. Wir plaudern Belangloses, ich erzähle vom Terror in Istanbul, rede von ISIS, als sei es ein angesagtes koreanisches Hauptgericht. Der Attentäter hatte sich auf einem belebten Platz in die Luft gesprengt. Ich erzähle vom guten türkischen Essen, Kristina erzählt von Cannes, sie war dort bis gestern auf einer Immobilienmesse gewesen.

Karl sitzt hinten und trinkt Club-Mate, hört Musik über seine Kopfhörer und hält die Füße aus dem Fenster. Pankow fliegt vorbei, die A114, dann zwei, drei kleine Dörfer ohne Namen, ich kenne ihre Namen natürlich, aber ich tue so, als wäre es anders. »Kommst du nicht von hier?«, fragt Karl von hinten, ohne die Kopfhörer rauszunehmen. Ich ignoriere die Frage und Kristinas Seitenblick. Als Omas Haus vorbeifliegt, wende ich den Kopf ab. Seit Brüssel haben wir einmal kurz miteinander telefoniert, ich hatte angerufen, als ich kurz vorm Boarding in Istanbul war. *Hallo. Na, wie geht's? Ich komme bald mal wieder vorbei.*

Der Wald kommt, der Parkplatz, es geht zu Fuß an den See, mit dem Auto kommen wir hier nicht weiter. Ich habe meine Badehose schon drunter, so ist mein Gepäck übersichtlich. Badehandtuch über der Schulter, Sonnencreme brauche ich nach Istanbul keine mehr. Kurzes letztes Checken der E-Mails und Nachrichtenkanäle, es wird ein ruhiges Wochenende. Aber sicher ist sicher: Am See ist das Netz allzu dünne.

»Wollen wir morgen Abend in diesen Film gehen? Den neuen Woody Allen?«, fragt Karl an mich gewandt, als wir am See sitzen und ich Kristina im Bikini betrachte. Sie ist heiß, ganz objektiv betrachtet, sie ist blond und schön, ich mag ihr Gesicht, ihre Beine, ihre Figur, immer schon. Alles toll, ich könnte ein glücklicher Mann sein. Nur will sie mich mehr, als ich sie will. Und ich will was ganz anderes. Ich vermisse sie, wenn ich einsam bin. Und bin unzufrieden, wenn sie bei mir ist.

»Ja, können wir machen«, antworte ich, »morgen bin ich

noch hier, Montag muss ich für drei Tage nach Paris. Irgendeine Syrien-Konferenz.«

Kristina legt mir wie selbstverständlich die Hand aufs Knie.

»Ich würde gern mitkommen ins Kino, es sei denn, du willst
mich nicht dabeihaben.« Es ist ein kindischer kleiner Satz,
aber ich weiß, es ist die Unsicherheit, die sie dazu treibt. Sie
weiß, dass sie recht hat. Ich nicke.

»Wenn du magst«, sage ich.

Das geht ja gut los. Sie lächelt mich an. Es ist kein offenes
Lächeln. Es ist fragend. Was ist mit dir los?, fragt es. Warum
sagst du nicht: Gerne. Ich will, dass du mitkommst. Warum
gibst du mir diese Momente nicht mehr? Warum bist du so
kalt? All das liegt in ihrem Blick. Oder ich bilde es mir ein.

Ich achte auf einmal wie zwanghaft auf die Schwäne im See,
ich will keine Antwort geben, kein Problemgespräch führen –
und vor allem keinen zähen Nachmittag.

Sie holt eine Tupperbox aus ihrem Beutel.

»Quinoa-Linsen-Salat«, sagt sie. »Hab ich vorhin gemacht.
Willst du?«

Sie öffnet die Dose mit der braunen Masse, reicht mir eine
Plastikgabel. Ich schüttele den Kopf.

»Später«, sage ich. Sie macht die Dose wieder zu.

Ich erhebe mich, winke Karl heran, Kristina folgt uns. An
Hunderten von Menschen vorbei bahnen wir uns einen Weg
ans Ufer, die Badestelle ist voll, klar, im Hochsommer, der Tag
ist heiß, die Stadt ist leer, ganze Berliner Bezirke haben sich
aufgemacht ans Wasser, und dieser See ist kein Geheimtipp
mehr, er ist der Konsenssee junger Berliner. Nimm dir zu essen mit, wir fahr'n nach Brandenburg, singt Rainald Grebe,
und das hier ist Brandenburg. Ob er Quinoa-Salat meinte?

Das Wasser ist klar und sehr kalt, ich habe mal gelesen,
dass dieser See sehr tief ist und nicht ganz ungefährlich.

Besonders wenn man zur Insel in der Mitte schwimmt, gibt es starke Strudel und Strömungen. So lange wird Kristina eh nicht schwimmen wollen, denke ich. Ich verwerfe den Gedanken, konzentriere mich darauf, männlich in den eiskalten See zu gehen, nicht lange stehen bleiben an einer Stelle, sondern gleich rein, schnell, ich will nicht lange an der Wasserkante stehen, mein Puls rast, das kalte Wasser berührt mich, wo mich Agápi berührt hat. Geschafft, die empfindlichste Stelle. Und dann rein, Kopf unter Wasser, freie Sicht, raus, ein Zug, noch ein Zug mit den Armen, weg vom Ufer, weg von den Gedanken.

Agápi ist wieder da. Lange war sie weg gewesen, in Istanbul habe ich nicht an sie gedacht. Sie hat sich auch seit zwei oder drei Wochen nicht bei mir gemeldet. Dabei hatte es gut begonnen: Nach meiner Rückkehr aus Brüssel hatten wir hin und her geschrieben, als sie wieder in Athen war und ich in Berlin. Kurze Nachrichten, wer machte was, was war das für eine schöne Nacht, wie wäre es wohl, einander wiederzusehen.

Aber wir fanden uns nicht: Ich war viel unterwegs. Und die griechischen Finanzprobleme brachten den Minister dazu, täglich irgendwo anders zu sein, um nach neuem Geld zu betteln. Da musste sie stets mit. Wir hätten skypen können, facetimen, aber das wäre komisch, wir kannten uns ja eigentlich gar nicht. Also schrieb ich ihr noch mal, vor dreieinhalb Wochen. Sie antwortete mir, sehr nett, sogar mit einem Foto von sich.

An dem Abend hatte ich mit einem Mädchen geschlafen, einer Französin, die ich in einer Bar im Prenzlauer Berg aufgegabelt hatte, im *Visite ma tente*. Wir waren zu mir gegangen. Das Küssen war okay, der Sex nicht. Ich konnte irgendwie nicht. Vorm Frühstück war sie weg. Meine Idee, was ich Agápi hätte antworten können, war es allerdings auch. Das Leben war weitergegangen. Und so hatte ich es gelassen.

Darüber denke ich nach, während ich nach draußen schwimme. Bis ich meinen Namen höre. Kristina und Karl stehen da und winken, ich stöhne innerlich, bin aber zu erschöpft, um das Weite zu suchen, und schwimme zurück. Die beiden stehen mit den Füßen im Wasser und rauchen, Karl hält die nächste Club-Mate fest umklammert.

»Was machst du heute Abend?«

»Weiß noch nicht«, antworte ich, und es stimmt sogar. »Und ihr? Wollen wir zusammen ausgehen?«

Karl schüttelt den Kopf.

»Ich fahr zu meinen Eltern raus nach Neuruppin, da gibt es ein Grillfest.«

»Ich bin verabredet mit Isa, wir machen mal richtig einen drauf.«

Kristinas Abendplan soll Eifersucht erzeugen, ich bin verärgert, dass es funktioniert. Es ist alles so merkwürdig.

Sechs Stunden später sitze ich auf meiner Couch, schaue eine weitere Folge *Homeland*. Die dritte heute. Niemand hat sich für den Abend gemeldet, langsam werde ich unruhig. Ist niemand unterwegs? Will niemand mit mir ausgehen?

Meine Freunde sind in aller Welt verstreut. Alain in Luxemburg, meine Kameraleute in Paris, ein anderer lebt in Zürich, und natürlich sind auch viele in Berlin. Pärchen allesamt, die Berliner jedenfalls. Bei WhatsApp hat bisher niemand meiner Bekannten geantwortet, und ich will auch nicht allzu verzweifelt erscheinen.

Ich öffne eine zweite Flasche Beck's und sehe Claire Danes dabei zu, wie sie in Pakistan islamistische Terroristen jagt. Sie ist brillant und verrückt zugleich. Ich bin nur einsam.

Ich denke an den Sex mit der Französin. An den letzten Sex

mit Kristina vor anderthalb Wochen. An den Sex mit Agápi. Immer wieder nur das. Ich will die bohrenden Fragen danach nicht mehr: Wie geht es jetzt weiter? Sondern es einfach leben. Ich will diese Freiheit, eben *nicht* zu schlafen, mit wem ich will. Ich will emotional sein. Und ich will *Sex mit Liebe*. So klar, so einfach.

Bis jetzt schlichen sich nach jeder Frau, mit der ich schlief, die Fragen ein: Geht es jetzt überhaupt weiter? War es gut genug? War sie gut genug? War ich für sie gut genug? Ich hätte die Fragen nie laut gestellt. Aber in mir drin schrien sie. Und die Antwort war immer ich, zurückgeworfen auf mich. Und am nächsten Morgen: Einsamkeit.

Ich habe eine sehr teure Therapeutin für diese Einsicht bezahlt.

Abends um neun stehe ich vor meinem Haus und warte aufs Taxi. Berliner Taxifahrer sind eigentlich ganz angenehm. Entweder ist es ein ostdeutscher Brummkopf, der ganz genau den Weg kennt, Trinkgeld überrascht zur Kenntnis nimmt und immer »ne juute Story zu erzählen hat«, oder es ist ein junger Türke, der die Zielstraße ins Navi eingibt, um sich dann doch von mir leiten zu lassen, und auf *cosmo* schwungvolle Weltmusik hört. Niemand schimpft auf Flamen, auf Wallonen, niemand lobt die deutsche Kanzlerin. Wunderbar.

Zehn Minuten später steige ich aus. Ich habe die Notvariante der Abendgestaltung gewählt. Das *Süß war gestern* ist eine In-Bar in Friedrichshain, oben gibt es Getränke und 'ne kleine Tanzfläche, der ganze Keller ist zum Club ausgebaut.

Die Stroboskoplichter flimmern, in einer Ecke spielen Hipster Super Mario auf einem alten Commodore. Die Bar ist bei Touristen angesagt wie Sau, ich als Stammgast bin wiederum nur an den Leuten interessiert, die ich kenne. Hier kenne ich viele, andere Stammgäste, die Barkeeper, hier kommt kein Gefühl von Einsamkeit auf. Zumindest offiziell. Ich umarme die zwei Mädels hinter der Bar, und auch einer der beiden Chefs steht dort herum, ich gebe ihm die Hand, im Gegenzug gibt's Jägermeister. Die Bässe hämmern, der DJ ist längst gut dabei.

Es ist Samstag, da geht auch um diese Uhrzeit schon was, weil die Touristen da sind, und die wollen generell früher zum Tanzen, Saufen, Knutschen kommen als die Berliner. Weil es nach dem Vögeln ja noch bis zum Billigflieger in Schönefeld reichen muss. Ich spüre bei jedem Bass, dass ich hätte zu Hause bleiben sollen, *Homeland* war gerade spannend geworden. Aber so ist es immer: Wäre ich zu Hause geblieben, wäre ich umgekommen vor Einsamkeit, hier draußen ist es mir zu laut.

Mit noch einem Jägermeister und einem Gin Tonic wird es besser. Ich schreibe auf dem iPhone ein paar WhatsApp-Nachrichten an einige Leute, dass ich im *Süß* bin, sie können doch vorbeikommen, es sei sehr entspannt. Dann quatsche ich mit den Barmädels und nach zwei Stunden ist der Abend mein Freund. Ich gebe einer Israelin einen Jägermeister aus, den der Chef der Bar bezahlt hat, und wir reden.

Sie erzählt von Tel Aviv – »*great city*«, »der tolle Strand«, »die Raketen aus Gaza« – und lobt Berlin überschwänglich. Ich beeile mich zu sagen, dass ich Reporter bin, Deutsch-Franzose noch dazu. Ich bin hungrig, sie zwinkert immer wieder ihren Freundinnen zu. Sie ist hübsch, mit den Locken sieht sie Agápi ähnlich, aber sie hat nicht ihre Spritzigkeit, ihre Anmut, und sie riecht ein bisschen betrunken. Ich will nicht wissen, wie ich rieche. Ich denke immer wieder: »Kann ich sie küssen? Bin ich gut genug, scharf genug, dass sie sich von mir küssen lassen wird?«

Ich denke viel darüber nach, sehe mir ihren Mund an, sende Signale. Spätestens, als sie auch meinen Mund betrachtet, weiß ich, dass es geschafft ist. Eine halbe Stunde später knutschen wir, mich überflutet die Befriedigung, ans Ziel gekommen zu sein, jetzt will ich sie ganz. Wir stehen hinten an der Wand vor den Toiletten. Sie hat mich die letzte Stunde immer wieder gefragt, ob ich Koks habe, dann kam der Dealer, und sie hat auf dem Klo was gekauft und auch gleich genommen. Ich habe darauf keinen Bock. Ihre Küsse sind mechanisch, schnell, sie ist drauf.

Ich werde sie mit nach Hause nehmen. In der Hosentasche puckert es. Ich löse mich von ihr, sage sorry und gehe pinkeln. Ich nehme mein iPhone, eine neue Mail, ich schaue kurz auf Spiegel Online, scrolle Twitter runter. Erst dann lese ich: »Hi, mein Minister trifft nächste Woche deinen Minister in Paris. Treffen wir uns auch? Agápi.«

# Von Schönwalde nach Velten

## APRIL 1945

Nur Fahrräder«, sagt der Soldat an der Panzersperre. Der Schweiß läuft ihm über die Stirn, dabei ist der Winter noch gar nicht recht vorbei.

Meine Schwester sieht uns an, sie hat sich uns angeschlossen mit ihrem Mann und ihrer Tochter. Sie sind auf Fahrrädern unterwegs.

»Wir wollen nach Westen«, sagt sie. Ihr Mann stammt aus dem Sauerland. Nur durch die Panzersperre geht es nach Westen. Unser Handwagen passt da nicht durch. Wir verabschieden uns. Sie winken und fahren, wir schlagen den Weg nach Norden ein.

Wir, das sind mittlerweile drei Familien, die fortan zusammenbleiben werden. Die Hahns aus dem Dorf, ältere Leute und ihre Tochter. Und die Grützkes. Herr Grützke ist der Bahnvorsteher in Schönwalde, er verkauft die Fahrkarten, er fährt die Schranke herunter. Seine Frau ist dabei und eine Tochter von Verwandten. Edda, sie ist blond und schön, vielleicht ein Jahr älter als ich. Ich habe sie nie zuvor gesehen, sie wohnt vier Dörfer weiter. Drei Familien, drei Handwagen. An unseren Wagen ist noch ein kleiner Wagen angebunden, mit einer Strippe. Es ist Jans Wagen.

Jan ist zwanzig, er ist groß und blond und schlank. Er hat eine goldfarbene Brille und sieht aus wie ein Doktor. Er ist einer der Zwangsarbeiter aus dem Dorf, ein Junge aus den Niederlanden, wobei ich keine Ahnung habe, wo das liegt, ich erinnere mich dunkel an eine Karte, auf der das Land aufgezeichnet war, doch die letzte Stunde in der Dorfschule ist schon Jahre her. Sein Chef hat eine Polsterei in Berlin, und Jan schläft in der Laube des Mannes in Schönwalde. Jan flieht mit uns, obwohl er keine Angst haben muss vor den Russen. Aber wer weiß schon, wer Angst haben muss und wer nicht? Es sind die Russen. Jan hat nichts auf seinem Wagen außer einem kleinen Koffer. Darin sind zwei Hemden und ein Anzug.

Wir haben viele Zwangsarbeiter im Dorf. Und Kriegsgefangene. Als ich jünger war, konnte ich das nicht richtig unterscheiden.

Mit vierzehn bin ich von der Schule abgegangen, wie alle im Dorf. Mein Pflichtjahr begann im April vor zwei Jahren. Die Fabrik Olschowski stellte Backschieber her, in einer großen Scheune hinter einem Haus an der Dorfstraße. Ein Franzose arbeitete dort, ein Kriegsgefangener. Und zwei Russen, Zwangsarbeiter.

Wladimir und Feodor hießen sie, und sie waren eigentlich sehr nett. Ich habe jedenfalls nicht verstanden, was an den Russen so schrecklich sein sollte, wie es in der Wochenschau immer gesagt wurde. Ich habe damals immer Kartoffeln geschält im Keller des Hauses. Feodor kam manchmal zu mir. Er war ein Hüne mit Händen wie Servierplatten. Doch mit diesen Händen malte er Bilder mit einem Bleistift auf den Holzplatten, aus denen er die Backschieber baute. Er zeigte mir diese Bilder. Ich fand, sie waren sehr schön. Herr Olschowski wollte nicht, dass der Russe zu mir kommt. Er solle nicht mit mir reden, schalt er ihn. Oft waren es Frauen, auf den Bildern auf dem Holz. Feodor liebte die Frauen. Einmal kletterte er nachts über den Zaun des Hauses, weil immer abgeschlossen war. Er wollte zu den polnischen Zwangsarbeiterinnen, die bei den Bauern arbeiten mussten. Ein Mann hat ihn erwischt, einer von den Hitlertreuen. Er hat ihn ergriffen, und Feodor hat sich nicht gewehrt, obwohl er ihn hätte niederschlagen können.

Eine Woche war Feodor im Kerker, im alten Armenhaus in der Stiege. Es war ein richtiger Kerker, mit Metallstangen und einem dicken Schloss. Ich musste einmal am Tag in den Keller des Armenhauses gehen, mit Wasser und Brot. Mehr sollte Feodor nicht bekommen. Er sprach nicht viel in diesen Tagen. Dann kam er wieder raus. Die Olschowskis brauchten ihn. Strafe musste sein, aber die Backschieber waren wichtiger.

In meinem Pflichtjahr musste ich kochen, putzen, die Fenster machen, den Russen im Kerker versorgen. Ich schlief in der Fabrik, das erste Mal weg von zu Hause.

Ich sah meinen künftigen Mann, er war auf Heimaturlaub und besuchte Frau Olschowski. Ihr Sohn war gefallen, ein Jahr vorher, ihr zweiter Sohn würde noch im Krieg als vermisst gemeldet werden und niemals zurückkehren, das wusste sie damals noch nicht. Und ich wusste noch nicht, dass der junge Soldat auf Fronturlaub mein Mann werden würde. Ich beachtete ihn gar nicht, als er dort in diesem Keller stand.

Im April 1944 begann ich meine Schneiderlehre im Basdorfer Waldheim. Sie endete jäh, als der Krieg in seine letzten Tage ging.

Der Handwagen ist schwer, und wir wechseln uns ab. Hinter Oranienburg kommt Sachsenhausen. Die Straße sieht aus wie vorher, und dennoch ist etwas anders. Ich habe keine

Ahnung von all dem hier. Meine Stiefmutter schreit: »Guck nicht zur Seite, Ilse, guck nach vorne!« Doch es ist zu spät. Sie haben sie erschossen. Alle. Ich weiß nicht, wie viele es sind. Jedem Einzelnen haben sie ins Genick geschossen. Sie tragen gestreifte Kleidung. Die Mörder haben sie nicht mal in den Wald gezerrt oder in den Straßengraben gelegt. Sie liegen auf dem Grünstreifen entlang der Straße.

Dreißig Kilometer haben wir heute geschafft. In einer Scheune in Velten fallen wir ins Stroh. Wir sind müde wie die Hunde, wie man in Schönwalde sagt. Niemand ist mehr auf diesem Hof, die Menschen sind schon geflohen, vielleicht gen Westen, vielleicht gen Norden. Wir essen eine Dose Bohnen. Das Wasser aus dem Brunnen schöpfen wir mit einem Topf. Das Federbett bleibt unbenutzt festgebunden auf dem Wagen. Jan bleibt immer ganz nah bei mir.

# Der Dschungel

## 2015

Calais ist scheiße. Ich war mal im Winter hier, da habe ich mich gefragt, wie es irgendeiner schafft, die vier Monate Dunkelheit zu überstehen, ohne in den Ärmelkanal zu gehen.

Heute ist es später Frühling. Doch das ist hier nicht angekommen. Die Luft ist schneidend kalt, sie pfeift um die Ecken der hässlichen Hochhäuser, die irgendein irrlichternder Stadtplaner mitten an den Strand gesetzt hat, als sei die geographische Lage hoch im Norden nicht schlimm genug. Kameramann Ruben macht einige Bilder von dieser Kulisse. Das graue Meer rauscht immerfort heran und schlägt auf den glatten und ausgezehrten Strand. Ich mag das Meer. Aber romantische Gefühle stellen sich hier nicht ein. Dabei müsste ich frohlocken. Übermorgen kommt sie. Agápi. Nur noch diese Reportage für den deutschen Sender, dann ist sie da.

Stunden später fahren wir den großen Jeep, den Sixt hat springen lassen, über die holprige Straße am Rande der Stadt. Von hier bis zum Eurotunnel, der den Ärmelkanal unterquert, ist es nicht weit. Die Schnellstraße führt an einem Gewerbegebiet vorbei, in dem schon lange kein Gewerbe mehr sitzt. Es wird schnell dunkel.

Wir sehen niemanden, was merkwürdig ist, weil wir hier

verabredet sind. Kein Mensch ist auf dem Gelände, an dessen Rand ein paar Baracken stehen.

Wir bremsen, halten, ich drücke die Türverriegelung nach unten. Nach ein paar Minuten sehen wir Lichtkegel an den Baracken, ein Transporter fährt mit aufgeblendeten Scheinwerfern auf die Brache. Sobald er hält, kommen sie. Aus den Schatten klettern Dutzende Gestalten über die Zäune und aus Mauerspalten, eine Tür in einer der Baracken öffnet sich. Sie waren alle hier, die ganze Zeit. Sie haben sich verborgen gehalten. Sie kommen näher, ich sehe viele Schwarze, junge Männer allesamt, in Sekunden stehen sie in einer ordentlichen Schlange aufgereiht um den Transporter.

Wir steigen aus. Die zwei jungen Frauen springen gleichzeitig aus dem Transporter. Wir begrüßen uns. Die jungen Männer warten seelenruhig. Dann öffnen die Frauen die hintere Tür. Wir treten näher heran, Rubens Kamera hält jede Sekunde, jeden Frame fest.

Der große Bottich wird geöffnet, eine Frau reicht der anderen die Teller, die serviert die heiße Suppe mit einer großen Kelle. Kelle für Kelle, Teller für Teller wandern in die Hände der Männer, die sich unweit von uns auf den Boden setzen, dicht nebeneinander, sie essen schnell, sehen sich dabei immer wieder um.

Sie haben nicht viel Zeit, weil sie später am Abend wieder losmüssen. In der Nähe ist der Containerterminal, daneben an der Schnellstraße zwei Parkplätze für die großen LKW. Dorthin wollen sie, um sich flach auf das Dach eines LKW zu legen oder die Plane zu zerschneiden und sich hineinzuquetschen. Nur die Verrückten und Lebensmüden versuchen es, sich unter den LKW zu hängen. Niemals reicht die Kraft bis England.

Dorthin wollen sie alle. Ins gelobte Land. England. Viele

Afrikaner haben in London oder im Norden in den alten Industriestädten Familie, Freunde, Menschen, die per Skype erzählt haben, wie es sich anfühlt, richtiges Geld zu verdienen, hier im reichen Europa. Also haben sie sich auch auf den Weg gemacht, quer durch die Wüste, über das umtoste Meer, durch Spanien und Frankreich. Das hat eine Ewigkeit gedauert, sie haben viel Geld gezahlt, um dann hier, so kurz vor dem Ziel, zu stranden. Kein Weg, der nach drüben führt.

Früher hatten sie in Calais ein ordentliches Lager, illegal war es, aber es gab eine Infrastruktur, Klos, eine Küche, alles in gigantischen Ausmaßen, weil immer mehr Menschen kamen.

Sarkozy hatte damit Schluss gemacht, hatte den *Dschungel* mit Baggern plattmachen lassen. Während die Franzosen sonst protestieren, wo es nur geht, blieb es merkwürdig still. Afrikaner haben keine Lobby.

Durch die Auflösung des Lagers ist nicht ein Mensch weniger hergekommen, stattdessen organisieren sie sich nun dezentral, überall in der Stadt sieht man sie, doch sie bleiben immer am Rand, nahe am Kanal, der Autobahn, den LKW.

Am Morgen waren wir bei einer Anwohnerin gewesen, in einem dieser schmucklosen roten Klinkerbauten, die genauso gut in Liverpool oder Utrecht stehen könnten. Sie konnte das Elend nach der Auflösung des Dschungels nicht mitansehen. Seitdem hilft sie den jungen Männern auf der Flucht.

»Dafür klingelt dann nachts mal irgendein Wähler des FN und beschimpft mich als Hure – manchmal bemalen sie auch mein Haus mit Hakenkreuzen.«

Dennoch gibt sie den jungen Männern morgens Kaffee oder Tee, manchmal etwas zu essen. Immer aber bietet sie ihnen Strom an. Das Bild wird mich nicht verlassen, die Männer, die vorm Haus sitzen und warten, drinnen im Wohnzimmer die Verteilersteckdose mit zehn Ladekabeln, an denen allesamt Smartphones hängen. Ein geladenes Telefon ist kein Luxus, sondern ein Lebensretter, wenn du im Tunnel unterm Ärmelkanal im LKW auf einmal keine Luft mehr kriegst.

Doch bis in den Zug, der die LKW durch den Tunnel bringt, schaffen es ohnehin nur die wenigsten, vielleicht gerade noch die, die am meisten zahlen können. Franzosen und Briten haben die Sicherheitsvorkehrungen weiter verstärkt. Früher war es den Gendarmen diesseits des Kanals total egal, ihnen war es sogar lieb, wenn es mal wieder einer geschafft hatte – einer weniger, der in Calais festsaß. Doch nun versuchen die Franzosen, die Flüchtlinge schon unten an den Grenzen auf-zuhalten, in Ventimiglia oder Nordspanien. Und hier gibt es neue Röntgengeräte für LKW, Nachtsichtgeräte, es ist eine Machtdemonstration erster Güte.

Am Abend haben die Männer Feuer entfacht, die Helferin-nen sind wieder verschwunden. Es ist kalt geworden, eisig kalt, keine Ahnung, wann der Frühling im Pas-de-Calais an-kommt, vielleicht Ende Juli.

Wir filmen die Afrikaner aus der Nähe, ihre zerschlisse-nen Klamotten sind Zeugen einer langen Flucht, Hab und Gut nimmt niemand mit auf ein Schlauchboot übers Mittel-meer. Zwei junge Männer, fast noch Kinder, haben nicht mal Schuhe an. Einer von ihnen, er heißt Ahmed, hat eine Trai-ningsjacke von Real Madrid an, dazu eine Jeans, die nackten Füße starren vor Schmutz und Kälte.

Er ist es, der sich zu uns umdreht und uns heranwinkt. Wir tragen schwere Jacken, *Canada Goose* und *North Face*, wir sind auf den Norden vorbereitet. Ahmed steht auf und bietet uns seinen Platz an.

»Hier, hier ist es warm, *please sit here*«, sagt er in gutem Englisch.

»Nein, bitte, bleib du dort sitzen«, sage ich.

Doch er insistiert, besteht darauf, dass wir an seiner Stelle Platz nehmen, er ist der gute Gastgeber, wie er es von seinen Eltern gelernt hat, wie es Tradition ist, nun eben hier am Feuer auf dieser Brache weit weg von daheim. Er setzt sich neben uns.

»Können wir dich interviewen?«, frage ich, und Ahmed nickt.

Er erzählt von seiner Flucht aus dem Kriegsland, er hat die Südroute gewählt quer durch Nordafrika, ein Wahnsinn, er ist losgereist, als er vierzehn war, nun ist er fünfzehn. Seine Eltern hat er seit einem Jahr nicht mehr gesehen, sie wurden von den Taliban bedroht, doch zusammen hatten sie nicht losreisen können, sein Vater hätte die Reise nicht geschafft.

»Wie ist es für dich in Frankreich?«

»Die Menschen sind nett. Aber wir wollen nicht hierbleiben, keiner von uns. Wir wollen weiter.«

»Was willst du in England?«

»Der Sohn meiner Nachbarn arbeitet in einem indischen Restaurant in London, er hat einen Job für mich. Ich will dorthin.«

»Wie lange versuchst du es schon?«

»Zwei Monate. Über zwei Monate lebe ich schon hier, draußen auf der Straße, nur manchmal ist ein Platz in einem Heim frei. Aber es ist besser, draußen zu sein, weil ich dann schnell loskann zu den LKW. Ich versuche es jede Nacht.«

Er erzählt, wie gut die Laster bei der Zollabfertigung jetzt gesichert sind, hinter hohen Zäunen, bewacht von Männern, Hunden, dann der Tunnel, unpassierbar, weil der NATO-Stacheldraht überall ist. So müssen sie immer größere Risiken eingehen.

»Mein Freund ist auf der Schnellstraße überfahren worden«, sagt er, als erzähle er von einem Ereignis, das nun mal eben passiere, »er wollte auf einen gerade losfahrenden LKW springen. Er ist abgerutscht, er war sofort tot. Ich stand hinter der Leitplanke. Als die Polizei kam, bin ich weg.«

»Und wenn du stirbst, bei einem Fluchtversuch?«

Er zuckt die Schultern.

»Ist das hier lebenswert? Ich werde drüben erwartet, ich habe Arbeit, warum lassen sie mich nicht dahin? Ist das hier nicht Europa?«

Wir sitzen noch eine Weile mit ihnen zusammen, jeder hat eine Geschichte zu erzählen, auf Englisch, Französisch, Spanisch. Sie alle suchen ein besseres Leben. Und sie spüren, dass niemand hier darauf gewartet hat, es ihnen zu gewähren.

Ich könnte jetzt ein Ticket für den Eurostar kaufen, in der kronleuchterbewehrten Business-Class-Lobby in Paris sitzen, einsteigen, ein Menü genießen, aus drei verschiedenen Rot- und Weißweinen wählen, dabei im Tunnel den Ärmelkanal unterqueren, mit Musik auf den Ohren. Sie müssen hier warten, tage-, wochen-, monatelang, vielleicht schaffen sie es nie, vielleicht verlieren sie ihr Leben. Ich habe einen Pass mit dem richtigen Aufdruck. Sie haben nur Hoffnung.

Auf unserem Kontinent spüren das nur die, die betroffen sind. Die Nordfranzosen hier in Calais. Die Bewohner von Lampedusa. Die Spanier an der Straße von Gibraltar. Wir berichten darüber seit Jahren, doch in Deutschland interessiert es niemanden. Lage, Lage, Lage, denke ich. Nur weil meine Heimat nicht ans Mittelmeer grenzt, keine Schiffe aufnehmen muss, können die Deutschen über Italiener und Griechen schimpfen: wie schlecht organisiert die seien, all die Korruption, all die faulen Südeuropäer. »Schlimm«, sagen viele meiner Mitbürger dann, »schlimm, schlimm.« Aber so weit weg. Wenn ich das hier sehe, könnte ich kotzen.

Später am Abend sitzen wir im *Café de Paris* an der Hauptstraße von Calais. Die zweite Flasche Wein ist geöffnet, das Rinderfilet ist exquisit. Draußen sehe ich Ahmed vorbeilaufen, auf der Suche nach einem Schlafplatz, barfuß. Er winkt uns durch die Scheibe freundlich zu und verschwindet in der Dunkelheit.

# Sacré-Cœur

## 2015

Es ist perfekt. Die Abendsonne wirft kleine Lichtfunken auf die schmale Straße, die steil abfällt, hinunter zur Rue des Abbesses. Es ist warm, aber nicht mehr heiß. Ich trage mein blaues Lieblingssakko, ein weißes Hemd, Jeans, Lederschuhe. Ich fühle mich wohl. Und sie? Kommt auf mich zu in einem weißen Sommerkleid und sieht noch hinreißender aus, als ich sie in Erinnerung hatte.

Wir sind wie aus der Zeit gefallen in diesem Moment, und wäre meine Abneigung gegen Kitsch nicht umfassend, würde ich dieses Bild gern in Schwarz-Weiß von Robert Doisneau ablichten lassen.

Nun steht sie vor mir und ergreift in einer einzigen fließenden Bewegung meine Hände. Sie hält sie und beugt sich zu mir, um mich zu küssen. Einfach so, kein Wort, nur dieser Kuss.

Ich notiere innerlich: 20:07 Uhr, Rue Ravignan, 75018 Paris. Ich bin verliebt. Diesmal wirklich.

Ich lächle, sie lächelt zurück.

»Wie geht es dir?«, frage ich.

»Sehr gut. Es ist so schön, dich zu sehen.«

Ich lache und nicke, ohne Ton, mit offenem Mund. »Warum

bist du heute Abend frei?«, frage ich. »Keine Vorbereitungen für morgen?«

Nein, erklärt sie, der Minister sei extra am Vortag des Treffens nach Paris geflogen, er wolle am Abend privat mit einem alten Freund ausgehen, und deshalb habe auch die gesamte Delegation freibekommen.

»Und du warst wirklich gerade in Paris? Was für ein Zufall«, sagt sie.

»Stimmt«, sage ich und nicke bekräftigend.

Natürlich lüge ich, ich kann nicht zugeben, dass ich extra wegen ihr den Dienst getauscht habe. Eigentlich ist dies meine Berliner Woche. Aber ich habe einen Pariser Kollegen angefleht, mir seine Dienste zu überlassen. Er musste dann sowieso wegen einer Automesse in die USA, so konnte ich die Schalten zum Besuch des griechischen Finanzministers bei seinem Pariser Amtskollegen übernehmen.

»Wollen wir essen gehen?«

Genau dafür sind wir verabredet. Dinner, knutschen, Übernachtung bei mir. Wie ein Pärchen. Seit der Mail letzte Woche bin ich pure Vorfreude. Schon am Montag hab ich im *Le Jardin d'en Face* reserviert, es ist sonst nicht möglich, hier einen Tisch zu bekommen.

Der Kellner bringt uns einen Kir, und schon wieder nimmt Agápi meine Hand, greift danach, hält sie über der Tischplatte fest und schaut mich an.

»Um ehrlich zu sein: Ich konnte dich nicht vergessen«, sagt sie, ihr Lachen so unverstellt wie bei einem Kind. Das nur in diesem Moment lebt.

Ich fühle, dass ich diesen Augenblick festhalten muss. Das Glück, einen Menschen zu treffen, der so fühlt. Bei dem der Sicherheitszaun nicht schon so hoch ist wie der Stacheldraht in Calais.

Ich habe sie auch nicht vergessen, nicht einen Tag lang. Ich muss die anderen Frauen verdrängen, die bei mir gewesen sind. Ich habe ihr nicht mehr geantwortet vor ein paar Wochen. Einfach so. Weil die Welt schneller war als mein Herz.

»Darf ich dich was fragen?«, frage ich sie, nachdem der Kellner die Vorspeise vor uns abgestellt hat, *Œuf cocotte avec foie gras*, sie schaut begeistert auf ihr Essen, hält sich aber zurück und nickt.

»Du hast gesagt, du würdest dich eigentlich nicht mit einem Typen von Tinder treffen. Also, warum dann mit mir?«

Sie lacht wieder, dann aber verändert sich ihr Blick, und sie versinkt in ein langes Nachdenken, fährt mit ihrer Gabel in die weiße Schüssel und nimmt ein Stück von dem gebackenen Ei, um darüber mit dem Messer die Foie gras zu streichen.

»Ich weiß auch nicht«, sagt sie nach einer Weile, »da war dein Gesicht, dort oben über den Kameras. Ich war sehr aufgeregt, als wir aus dem Bus gestiegen sind. Es war erst mein zweites Mal in Brüssel, all die Presse, auch wenn ich gar nichts sagen musste, es geht ja nicht um mich. Dann sah ich da bei all den Leuten und all den Kameras deine Augen. Ich wurde sofort ruhig. Das war krass. Als der Minister in der Sitzung war, saßen wir vor dem Tagungsraum, wir haben da so eine Ecke, wo wir die Zeit totschlagen, und ich wollte mal sehen, was Tinder in Brüssel zu bieten hat.« Sie senkte den Blick. »Und dann sah ich dein Foto und erkannte deine Augen sofort wieder. Ich dachte: Das ist was Besonderes. Ich schrieb dir sofort. Ich wollte dich wiedersehen, und ich spürte, dass es klappen würde. Dass du ein guter Typ bist. Sonst hätte ich nie so schnell dein Hotel besucht. Deine Augen haben mich ruhig gemacht, ich dachte, ja, Agápi, da kannst du hingehen, da bist du sicher. Der Mann hat gute Augen. Meine Mutter hat diese Formulierung immer benutzt.«

Es durchfährt mich, diese Anleihe an das Mantra ihrer Mutter, und dass sie damit nicht hinter dem Berg hält bei unserem ersten Treffen, zumindest dem ersten, bei dem wir angezogen sind.

»Und du? Warum hast du mich nach rechts gewischt?«

Schwierig. Ich hätte ja ahnen können, dass sie die gleiche Frage stellt. Ich hatte sie schließlich bei Tinder gesehen, bevor ich sie von der Pressetribüne aus erkannt habe. Mir bleibt nur entwaffnende Ehrlichkeit.

»Weil du wunderschön bist.«

Ein Grinsen ihrerseits: »Wie 500 andere Mädels bei Tinder?«

Ich schließe die Augen und lache laut, zu laut, sie spürt, dass es Verlegenheit ist, dass sie ins Schwarze getroffen hat.

»Die Nacht mit dir war wundervoll«, sagt sie. »Ich habe mich sehr wohlgefühlt, und ich wollte dich wiedersehen, weil etwas ist zwischen uns.«

Ich schäme mich für mein dummes Gesabbel. Ich kann mich ihrer nicht erwehren, weil sie nichts versteckt. Sie ist so offen, ehrlich, so ganz ohne Hemmnisse und innere Beschränkungen, dass ich mich nicht erinnern kann, in meinem durchgedateten Berlin jemals so ein Mädchen kennengelernt zu haben. Und ich sitze hier, bin immer noch im Berlin-Modus und gebe schlicht gar nichts von mir preis.

»Das fand ich auch«, stammele ich, »ich hab immer gehofft, du kommst nach Berlin, und nun ist es Paris geworden.«

Als ob die Stadt irgendeine Rolle spielte.

»Welche deiner beiden Heimatstädte magst du lieber?«

Ich schaue umher, die Straße runter, gleich dort drüben sind die Treppen hoch zur Sacré-Cœur, ich habe Lust, nachher mit ihr dort entlangzuspazieren, bevor wir zusammen nach Hause gehen.

»Ich weiß nicht, das hängt ganz von meiner Laune ab. Berlin ist mehr meine Heimat, dort zu leben ist easy. Die Stadt ist riesig, es gibt Platz, viel Grün, und die Preise sind noch okay. Alle wollen nach Berlin, alle, egal ob aus Paris, London oder New York. Tanzen im Berghain, rumhängen im Mauerpark, Bier aus der Flasche saufen in der U-Bahn. Aber für uns Berliner? Ich weiß nicht, es bewegt sich nicht so viel in der Stadt. Niemand ist gezwungen, richtig was tun zu müssen. Einen echten Job zu haben, sich zu entwickeln oder eben die Stadt wieder zu verlassen. Es gibt wenig innere Bewegung dort. Aber vielleicht ist das nur ein Gefühl. Wenn ich dann vier Wochen am Stück hier in Paris bin, dann will ich ganz schnell wieder nach Berlin, zurück in die Bequemlichkeit. Paris ist eng, die Menschen wohnen dicht an dicht, sie sind gestresst, weil sie drei Jobs gleichzeitig haben, um die Miete zahlen zu können, oder sie pendeln jeden Tag zweieinhalb Stunden in der RER.«

»Ich finde es hier wunderschön«, sagt sie und sieht bewundernd zu den großen Bürgerhäusern mit den Haussmann-Balkonen ringsum, ein Haus ist mit wildem Wein berankt, als wollte Paris sich besonders schön machen für diese Frau.

»Ja, es ist wunderschön. Aber es ist keine Stadt für Menschen, eher wie ein … Museum. Auf Dauer könnte ich hier nicht leben. Wie sollte man denn hier Kinder haben?«

Sie braucht keine Sekunde, um sich zu straffen, sie hat mich ertappt: »Willst du Kinder?«

Ich blicke in ihre Augen, die mich fordern, necken, mit ihrem Blick, ihrer Schnelligkeit.

»Klar. Irgendwann will ich Kinder. Aber mein Job mit Kindern?«

»Es geht, wenn man will. In jedem Job. Beim letzten Mal, weißt du, da hast du nichts über deine Familie erzählt.«

Ich erstarre wieder, sie spürt es. Ich trinke das Glas leer.

»Du musst nicht«, sagt sie.

Ich falle ihr schnell ins Wort. »Es ist so, ich rede mit niemandem über meine Eltern, sie sind ...«

Ich finde die Worte nicht, weil ich sie verlernt habe, indem ich das Nachdenken über meine Eltern all die Jahre dem vermeintlich leichteren Nachdenken über mich und meine Karriere geopfert habe.

»Sie haben sich früh getrennt, sie haben sich nie verstanden, denke ich. Und meine Mutter, sie ist nicht mehr hier, seit zwei Jahren und ich ...«

Ich senke den Kopf und deute ein Kopfschütteln an, vielleicht schüttelt es mich wirklich, sie drückt meine Hand fester, so sitzen wir da, still und stumm, bis ich wieder aufsehe und ein Lächeln auf den Lippen habe, einfach, weil ich sie sehe.

»Jedenfalls ... Es ist sehr schwer, die Richtige zu finden. Die, bei der alles passt, sodass Kinder eine Option wären. Verstehst du?«

Sie nickt. »Gut. Sehr gut sogar. Ich hatte den schon, den, bei dem alles gepasst hat.« Sie lässt kurz meine Hand los, es wirkt wie zufällig, ist aber natürlich kein Zufall, denke ich. Sie sieht aus dem Fenster, sucht etwas in der Ferne, vielleicht die passenden Worte. »Dann bin ich aufgewacht und habe festgestellt, dass ich nicht mehr passe.«

»Wann war das?«

»Vor drei Monaten.«

Ich verstehe nicht recht, doch bevor ich nachfrage, gibt sie mir ein Zeichen, dass sie gleich weitererzählt, aber erst kommt der Kellner, sie hat ihn aus den Augenwinkeln gesehen.

Er tritt an den Tisch, ein Lächeln für Agápi, ein kühler Blick für mich – ich liebe Paris –, und dann kommen die zwei

Hauptgerichte: Dorade Royale für sie, der ganze Fisch, dazu gibt es gegrilltes Gemüse, für mich das Entrecôte mit *Pommes allumettes*, eine Flasche Weißwein steht schon im Kühler, ein *Pouilly Fumé*, heute will ich den Abend feiern.

Fachmännisch zerlegt Agápi die Dorade, als Griechin ist sie mit dem Zubereiten frischen Fisches wohlvertraut, dann gießt sie einen kleinen Schluck Olivenöl darauf, mahlt frischen Pfeffer darüber und nimmt den ersten Bissen.

»Köstlich, wie auf dem Markt«, sagt sie mit ihrem Akzent, den ich von Stunde zu Stunde süßer finde, nicht nur süßer, auch so sexy wie ein dunkles Geheimnis.

»Welcher Markt?«, frage ich.

»Der alte Athener Markt, die Hallen am Monastiraki. *Varvakios* heißt er. Als ich noch in Saloniki war, dachte ich nicht, dass die Athener so tolle Märkte haben. Unglaublich ist es da. Die Fische, die Nähe zum Hafen, es ist toll.«

Sie strahlt, während sie erzählt, ich stelle mir hinter meiner rosaroten Brille einen provenzalisch verträumten Markt vor.

»Wenn ich nicht Pressesprecherin wäre, dann würde ich Markthändlerin sein«, sagt sie und lacht, »es ist so laut dort, so lebendig.«

Ich sehe sie vor mir, mit schmutziger Schürze und einem Lachen auf den Lippen, die Wangen rot von der schweren Arbeit und dem Schwatzen mit den Stammkunden – sie würde mehr verkaufen, als jede andere, ich bin mir da sicher.

Ich sehe ihr zu, wie sie mehr Dorade nimmt, und schneide mein Fleisch, der Kern ist rosa, perfekt.

»Erzähl mir von deinem Freund«, sage ich.

»Weißt du, ja, er war mein Freund. Ein toller Freund. Aris, so heißt er. Er ist aus meiner Stadt, aus Ioannina. Meine Familie hat nicht viel Geld, wir haben einen kleinen Laden in der Stadt, wir verkaufen Lebensmittel, Putzzeug, Gasflaschen für die Herde der Leute. Du siehst, das Händlerblut steckt in mir. Ich hatte eine sehr schöne Kindheit, wir wohnten alle in einem großen Haus am See, meine Eltern, meine Großeltern, sogar meine beiden Urgroßomas. Alle waren immer zusammen. Zusammen mit Aris wurde ich eingeschult.«

Ich spüre, wie es mich packt, wie meine Eingeweide drücken, mir vergeht beinahe der Spaß an meinem Steak.

»Schon mit acht Jahren waren wir immer beieinander, und mit vierzehn wurden wir ein Paar. Aris und Agápi, so war das immer, es war ganz selbstverständlich, dass wir irgendwann heiraten würden und ganz viele Kinder kriegen. Mit neunzehn ging ich weg, nach Saloniki zum Studieren, das erste Jahr war er auch dort zum Militärdienst, dann zog er zurück nach Ioannina. Wir pendelten, er besuchte mich manchmal, ich fuhr aber auch oft nach Hause, zu ihm und zu seiner Familie. Eine schöne Zeit war das, die ewige Jugend, knutschen am See, baden, im Urlaub mit dem Bus rumfahren an die Küste. Ich bin nicht geflogen, nie, bis vor einem Jahr.«

Ich beobachte, wie ihre Augen funkeln, sie ist tief in ihrer Erzählung, sie hat sich in einen wahren Rausch geredet.

»Vor einem Jahr machten wir einen Deal, Aris und ich: Ich ziehe nach Athen, für drei, vier Jahre. Und er käme dann entweder nach, oder wir hätten genug Geld für ein Haus in Ioannina, ein eigenes Haus für unsere Kinder und uns. Ich hatte das Angebot aus dem Ministerium, ein gut bezahltes Angebot, in Saloniki an der Uni hatten sie mich empfohlen, ich hatte mein Studium mit Prädikat beendet. Ich habe zugesagt, ohne zu zögern. Und bin nach Plaka gezogen in eine kleine Wohnung. Dann begann das, was ich Leben nenne. Ich ging viel aus, ich hatte neue Freunde. Sie waren ganz anders als die in Ioannina.«

Sie stockte, dann suchte sie meine Augen, weil sie wissen wollte, ob ich noch bei ihr war. Erst dann entschied sie.

»Ich wurde anders. Ich ging aus in angesagte Clubs. Ich kaufte zum ersten Mal Kokain. Und ich flog. Mit dem Minister. Wir waren in Nikosia, in Kairo und in Sarajevo. In einer Woche! Davor war ich in 27 Jahren nur in Saloniki, Ioannina und auf Korfu gewesen. Mit dem Boot. Das war's. Ich lernte Männer kennen, die um mich warben. Und ich ging auf ihr Werben ein, ein- oder zweimal. Es war aufregend. Mein Leben war aufregend. Ich war in Athen. Ich hatte Spaß. Ich musste mich von ihm trennen, von Aris, bevor ich wirklich zu weit ging mit jemand anderem. Oder bevor er nach Athen gezogen wäre. Weil ich das nicht mehr wollte.«

Die Verkrampfung löst sich. Ich atme auf.

»Ich weiß nicht, ob er mich jemals betrogen hat, das kann schon sein, ich glaube es aber nicht. Also habe ich es ihm gesagt, ich habe gesagt, dass ich mich weiterentwickelt habe. Weg von ihm. Von Ioannina. Auch von meiner Familie. Ich liebe meine Familie, aber ich hatte schlicht keine Zeit mehr, alle zwei Wochen hochzufahren oder jeden Tag dort anzurufen. Meine Uroma ist gestorben, vor sieben Monaten.«

Sie schluckt kurz, unterbricht, um einen Schluck Wein zu trinken, sie steht kurz vorm Ende der Geschichte ihres Lebens, und sie ist sichtlich erschöpft. Ich weiß schon jetzt nicht, was ich entgegnen werde. Ihre Uroma lässt mich an meine Oma denken, an Schönwalde, ich muss sie zurückrufen, sie hat sich wieder zweimal gemeldet, als ich im Flugzeug saß.

»Und nun bin ich ziemlich glücklich mit all diesen Entscheidungen, klar, sie fehlen mir alle. Manchmal. Und auch meine Stadt fehlt mir, mein See. Aber ich habe in Athen so viel Neues, so viel Aufregendes. Und die Stadt ist mir jetzt schon vertraut, und meine Arbeit, das Team des Ministers sind klasse. Wann kann ich so etwas noch mal erleben, eine schwere Regierungskrise, und ich bin mittendrin. So«, sie stockt, »das war aber ein langer Monolog.«

Ich beende gerade mein Entrecôte, das ich ganz langsam gegessen habe, nur selten habe ich meinen Blick von ihr abgewendet, um ein Stück abzuschneiden, so schön hat sie ihr Leben erzählt, nein, erzählt ist zu wenig, gezeichnet hat sie es, ausgebreitet vor mir, einem interessierten Zuhörer, mit dem sie zufällig geschlafen hat.

»Nein, eins noch«, ruft sie, »eine Idee hatte ich heute im Flugzeug auf dem Weg nach Paris, ich dachte, genau darum habe ich mich getrennt, um jetzt hierher nach Paris zu fliegen, in die Stadt der Liebe, zum ersten Mal in meinem Leben, um dann mit dir hier zu sitzen, in einem schönen Restaurant, und nachher mit dir schlafen zu können. Das ist es. Das wollte ich. Du hast gute Augen, in dir habe ich Aris wiedergesehen. Nur eben der Aris von dieser Welt, der richtigen Welt. Der Welt der Politik, der großen Städte, des richtigen Lebens.«

Sie unterbricht sich, stockt.

»Darf ich das sagen? Ich wollte dich nicht mit Aris vergleichen, aber deine Augen sind seinen so ähnlich.«

Ich weiß nicht, wer sie ist, diese Göttin der Ehrlichkeit, die ich nicht verdient habe, in keinem Moment, das ist mir klar. Aber jetzt, wo sie hier ist, wie könnte ich sie zurückschicken an das Universum?

Ich sehe sie an, will irgendwie beruhigend schauen, aber ich kann wahrscheinlich immer noch nur so gucken wie während der letzten 20 Minuten, ungläubig, gespannt, aufgeregt ob einer so klaren Schilderung ihres Lebens. Ich bekomme mehr und mehr Lust auf sie. Mir schmeichelt, dass sie mich für weltgewandt, erfolgreich und souverän hält, ganz anders als den Jungen vom Lande, den sie so sehr liebte.

Meine Lust wächst, ihre Hände haben während ihrer Erzählung begonnen, meine Hände zu streicheln, ausdauernd, zärtlich, fordernd.

Nun ist es bald so weit – sie hat es ja selbst gesagt: Wir werden zu mir gehen, wir werden …

Doch noch sind wir nicht so weit, in der Flasche ist noch ein Glas Weißwein, wir teilen es auf. Die Sonne ist längst untergegangen hinter dem Haus mit dem wilden Wein, die rotgelbe Straßenlaterne vor dem Fenster taucht die Straße in ein Licht, das einem Vorspiel gleichkommt.

»Sag mal, wie ist das Leben hier in Paris, jetzt, nach dem Anschlag vom Januar? Warst du da als Reporter dabei?«, fragt sie, und ich erinnere mich an jene drei Tage, gerade einmal ein paar Monate ist das her. Das ist mein Feld, hier fühle ich mich sicher, keine Familiengeschichten, nur Arbeit, ich atme ein, um Luft zu holen für meine Story. Ich bin stolz, endlich was zur Unterhaltung beisteuern zu können:

»Ja, ich war dabei. Quasi ununterbrochen. Ich war erst an der Redaktion von *Charlie Hebdo* im elften Arrondissement, dann am Supermarkt in Vincennes, dort, wo die jüdischen Menschen erschossen wurden. Und dann bin ich der Meute voraus zur Fabrik gefahren, wo sich die Attentäter verschanzt hielten. Ich hatte einen Tipp von einem befreundeten Polizisten bekommen und war ziemlich schnell dort.«

Agápi krümelt mit ihrem Brot herum. Sie ist nicht auf die großen Abenteuergeschichten aus, so scheint es. Oder sie spürt, dass ich ganz einfach nicht die Wahrheit sage. Ich steckte an diesem Tag an der Ostsee fest, ein Kurzurlaub mit Kristina. Wir wollten irgendwie unser On-off-Ding retten. Als die Nachricht vom Anschlag kam, stürzte ich los, ließ sie im Hotel zurück und flog von Berlin nach Paris – einen Tag zu spät, damit war das Ereignis für mich als Reporter verloren, die guten Schaltpositionen waren vergeben, genau wie die guten Geschichten, die wie gemacht waren für einen Abend wie diesen.

»Hat sich das Leben verändert in der Stadt?«

Was soll ich sagen? Ich war ja nie hier, immer auf dem Sprung.

»Ich finde schon. Die Menschen sind«, ich denke kurz über das richtige Wort nach, »sie sind wachsamer und nachdenklicher geworden. Auch wenn sie sich die Freude am Leben nicht nehmen lassen.«

Was für ein riesiger Quatsch, denke ich. Die Pariser waren nicht von sich aus wachsamer geworden, es waren die Soldaten, die die Stadt unter sich aufgeteilt hatten, die mit ihren Maschinenpistolen patrouillierten und die Bürger mahnten, dass etwas nicht stimmte. Ansonsten waren die Pariser schlecht gelaunt wie immer. Von der »Wir halten alle zusammen«-Stimmung an der *Place de la République* drei Tage nach den Anschlägen, die alle Redaktionen auf der Welt immer wieder zitiert hatten, weil sie so schön war, dass man sie glauben wollte, war eine Woche später nicht mehr viel übrig gewesen. Der Front National hetzte gegen Einwanderer, Polizei und Ministerien schoben sich gegenseitig die Schuld in die Schuhe, und der Präsident überlegte laut, wie man die Bürgerrechte im Zuge der Terrorbekämpfung am besten beschneiden konnte.

Wir aber saßen hier oben auf unserem kleinen Berg zusammen mit Bobo-Parisern, mit wohlhabenden Touristen und sehr reichen Studentinnen aus Kalifornien – und gerade mal drei Minuten mit dem Roller den Berg runter waren Barbès und der Bahnhof La Chapelle, da waren Hunderttausende, die permanent unterprivilegiert waren, Schwarze, *Beurs*, Flüchtlinge, Vergessene des Systems. Oder besser: Das System erinnerte sich an diese Menschen. Als Sicherheitsproblem. Sie saßen da, auf der Straße, beim Tee vor dem Café, an der Essensausgabe der *Emmaüs* oder in ihren heruntergekommenen Wohnblöcken im 20. Arrondissement oder in Aulnay-sous-Bois oder sonst wo, da saßen diese Menschen also, hassten den Staat, die Polizei oder irgendwen, der sich sonst gut eignete, und hatten dafür, wenn man alles zusammenzählte, gar keine schlechten Gründe.

»Das Leben in Athen ist leicht«, sagt sie, als spürte sie, dass mich die Gedanken an den Terror nicht loslassen. »Es ist so riesig, so laut, dieses Panorama, die Häuser, die weit in den Berg gebaut sind, dass es aussieht wie ein Tetris-Spiel, ich liebe das. So viele junge Leute. Manchmal wird es mir zu viel. Dann sehne ich mich nach meinem großen See. Aber ich hab auch in Athen meinen perfekten Platz gefunden.«

Ihr Blick wird verschwommen, als träume sie.

»Ein winziger Strand an einem alten Fischerhafen mit kleinen Booten, direkt hinter dem großen Hafen von Piräus. Ich bin dort irgendwann hin, als ich die Stadt erkundet habe und ans Meer wollte. Und da, neben einer kleinen Kapelle, gibt's ein blaues Restaurant und gegenüber einen Felsen, auf dem ich liege und lese und bade. Es ist herrlich. Mein absoluter Geheimtipp, da nehme ich nie jemanden mit hin. Na, dich vielleicht. Eines Tages.«

Ich lausche diesen Worten, und Stolz erfasst mich, dass ich sogar den Kellner umarmen würde.

»Wollen wir langsam gehen?«, fragt sie und greift wieder über den Tisch nach meiner Hand. Ich nicke.

Wir zahlen, ich spüre, wie der Kellner uns hinterhersieht, Agápi hat wieder meine Hand ergriffen, hält sie fest, ich wundere mich darüber, wie selbstverständlich diese Körperlichkeit ist, wie sehr sie die Berührungen sucht, ich kenne das nicht. Wir gehen die Treppen hinauf, folgen meinem inneren Plan, ich will ihr die Stadt zu Füßen legen, das Paris zeigen, das ich selbst gar nicht mehr wahrnehme, von dem ich aber weiß, dass es da ist. Ich habe vor, ihr Sacré-Cœur zu zeigen, die große weiße Kirche auf dem Berg, die Kuppeln, Türmchen, den Glockenturm und das Plateau, das sich anschließt, mit diesem Blick über Paris, den es nur hier gibt, in Montmartre, diesem Dorf in der Stadt. Wenn der Abend noch etwas an Romantik hat vermissen lassen, dieser Platz dort oben wird es richten.

Es dauert nur fünf Minuten, die 80 Stufen, und dann der schöne Weg über die mittlerweile leere *Place du Tertre*, die Portraitmaler haben sich verzogen, im Dunkeln sind hier keine Geschäfte zu machen. Dann noch zweimal um die Ecke, und schon ragt sie empor, die weiße Kuppel, von ihren Türmen flankiert, dieses Meisterwerk der modernen Kirchenbaukunst. Auch der Platz vor Sacré-Cœur liegt verlassen da, die Kirche ist seit dem Abendgottesdienst geschlossen. Uns bleibt der Blick auf den in goldenes Licht getauchten Bau und zu ihren Füßen die ganze Stadt. La ville de Paris. Lutetia. Unendlichkeit. *Fluctuat nec mergitur.* Sie schwankt, aber sie geht nicht unter.

Unter uns breitet sich ein Teppich des Lichts aus, ein rötlich gelbes Scheinen, das es nur hier gibt, als würden noch immer Millionen von Gaslaternen leuchten. Herausgehoben die Orte, die für mich Heimat sind: links das Centre Pompidou, rechts daneben die Cathédrale Notre-Dame. Rüber zum Pantheon, weiter vorne das Musée d'Orsay, dahinter riesig der herausragende schwarze Tour Montparnasse, nur ein Schatten jetzt in der Nacht, der Louvre etwas zu tief, aber dann der Arc de Triomphe und ganz rechts der Eiffelturm, aus dieser Perspektive nur angeschnitten zu erkennen.

Immer noch hält sie meine Hand, drückt sie ganz fest, das Mädchen aus dem Norden Griechenlands. Nun stehe ich hier oben mit ihr.

»Es ist so wunderschön«, sagt sie.

»Wollen wir?«, frage ich sie leise. Sie nickt.

Ich ziehe sie langsam mit mir, die weite Treppe neben der Standseilbahn hinunter nach Abbesses. Niemand ist mehr hier, die Touristen sind gegangen, die alten Lampen an der Treppe brennen hell, es ist ein schöner Augenblick mit ihr, der Gang hinunter, und dann ist mein Bett ganz nah.

Von unten kommen schemenhaft zwei Gestalten, oder sind es drei? Wir treffen uns ungefähr in der Mitte der langen Treppe. Es sind drei junge Männer, *beurs*, Algerier also, Tunesier, was weiß ich. Sie kommen uns entgegen, einer zeigt mit dem Finger auf Agápi, der andere leckt über seine Lippen. Eine kurze anzügliche Geste. Ich bin angewidert, ich will einfach nur weg von hier. Agápi lässt meine Hand nicht los, sie hält sie ganz entspannt, kein Anzeichen von Angst.

Als wir auf gleicher Höhe sind, geht einer ganz nahe an mir vorbei und rempelt mich an mit seiner Schulter, der andere greift, als er schon fast an Agápi vorbei ist, mit der Hand den Riemen ihrer Handtasche und zieht daran. Der Riemen reißt, der Junge, er ist noch ein Kind, vielleicht 13 oder 14, hält nun die Tasche in der Hand.

Agápi hat meine Hand losgelassen, doch sie bleibt nahe bei mir.

Ich drehe mich nach den Typen um, doch die rennen gar nicht weg, sie stehen da und schauen uns an, der Jüngste hält triumphierend die Tasche in der Hand. Ich ringe mit mir, wütend, ängstlich, dann sage ich:

»*Mec*, was soll das? Gib uns die Tasche, sonst muss ich die *flics* rufen«, doch der Junge mit der Tasche grinst nur, der

Zweite, der mich angerempelt hat, steht da und blickt Agápi lüstern an, und der Dritte greift in seine Tasche und nimmt ein Messer heraus. Einfach so.

»*Putain*, du? Du willst die Polizei rufen? Du Hurensohn, nimm deine *salope* und verpiss dich, du Wichser. Sonst mach ich dich kalt.«

Er sagt das in schlechtem Banlieue-Französisch, spuckt durch die Zähne, seine Stimme ist rau, eklig, er trägt eine Jogginghose und eine Bauchtasche, der ganze Typ ein Tier, ein Wilder.

Er kommt mit dem Messer auf mich zu, ein Stück nur, Agápi geht ein Stück auf ihn zu, doch ich greife wieder nach ihrer Hand, ziehe sie, reiße sie förmlich die Treppe hinunter, sage ihr leise auf Englisch immer wieder: »Los, komm, weg hier.«

Sie dreht sich zu mir um, folgt mir, offenbar hat sie nicht begriffen, dass wir in Todesgefahr sind, sie versteht nicht, was die Jungs sagen. Doch nun spürt sie es. Von oben auf der Treppe, rufen sie:

»Ja, nimm die *pute* mit nach Hause, sonst können auch wir es ihr besorgen«, und als ich mich umdrehe, ein letztes Mal, steht da der Kleinste, der Dieb, der noch ein Kind ist, hält die Tasche in der Hand und macht, die Hände in den Hüften, Fickbewegungen.

Dann verschwinden sie in der Dunkelheit, ich kann ihr Lachen hören. Wir kommen unten an, außer Atem, schwitzend, endlich wieder richtige Straßen, sogar zwei Menschen sind zu sehen, normale Menschen, harmlose Pariser, Franzosen. Es ist fürchterlich, aber das denke ich in dem Moment.

»Was war denn das?«, fragt Agápi und sieht mich mit ihren großen Augen an. Immer noch bin ich ängstlicher als sie. Sie steht einfach nur da und sieht aus, als denke sie über mich nach.

»Das war Paris«, antworte ich, »die Grenzen der Zivilisation sind hier sehr fließend.« Dann ziehe ich sie weiter, ich will endlich weg von der Straße, endlich weg von hier, ich zücke mein Handy, damit wir ihre Kreditkarte sperren, dann will ich endlich in meine sichere Wohnung.

# Auf dem Weg von Velten nach Linum

## APRIL 1945

Nicht alleine zu sein auf dieser Flucht, das ist das Gefühl, das mir völlig neu ist. In unserem Haus im Dorf waren wir oft nur zu zweit, oder ich war allein im Garten oder im Wald mit den dicken Buchen. Doch nun sind wir jeden Tag unterwegs, zwanzig, dreißig Kilometer, und alles ist voller Wagen, Pferde, Panzer mit Soldaten, die uns überholen.

Dort vorne ist etwas: Alles ist verstopft, die Wagen stehen kreuz und quer. Menschen kommen aus einem Haus und haben etwas in den Händen. Als wir näherkommen, sehen wir, was es ist. Sie tragen Butter. In ihren nackten Händen.

Das Haus ist eine Molkerei. Jan rennt hinein, ich renne hinterher. Er steigt eine Leiter hinauf, ich greife in das Butterfass und nehme, was übrig ist und was ich tragen kann. Die Butter fühlt sich warm und weich an, es ist herrlich. Ich bringe sie hinaus und streiche meine Hände in den Topf, in den wir sonst Wasser schöpfen. Wir haben kein Brot, aber Butter. Und Käse. Jan kommt mit einem großen Wagenrad aus dem Haus, er hat einen riesigen Käse gefunden. Ein Laib, der uns über die nächsten Tage retten wird. Wir binden ihn an unseren Wagen. Meine Stiefmutter will sofort ein großes Stück. Margret ist immer hungrig. In der Mitte des Krieges war sie noch eine starke Frau, nun ist sie dünn, ausgezehrt. Ich muss sie erinnern, dass es Jan war, der den Käse gefunden hat.

»Wir müssen ihm auch etwas davon abgeben«, sage ich ihr und sie murrt.

Vier Jahre vorher ist meine Mutter gestorben, Helene. Ich habe sie sehr geliebt. Es gab keine Ärzte zu der Zeit, sie waren an der Front. Meine Mutter lebte mit mir in dem Haus in der Siedlung, mein Vater baute irgendwo im Osten eine Straße. Sie hatte Asthma und zu Kriegsbeginn einen Schlaganfall, zwei Jahre später einen zweiten. Niemand kümmerte sich richtig darum. Wir hatten nie genug zu essen. Wenn ich aus der Schule kam, versuchte ich, ihr etwas zu essen zu machen. Einmal gab es gerade genug Grieß, dass ich ihr eine Suppe kochen konnte, die ich gerne selber gegessen hätte. Im Sommer ging es ihr sehr schlecht. Als die Männer sie wegbrachten, rief sie auf der Trage meiner Tante zu: »Pass uff die Kleene uff.«

»Wiedersehen, Lenchen«, sagte meine Tante.

Meine Mutter kam ins Krankenhaus nach Liebenwalde. Einmal habe ich sie dort besucht, zusammen mit Erna. Im Lager neben dem Krankenhaus waren Franzosen eingepfercht. Ich sehe ihre schmalen Gesichter noch vor mir. Sie riefen uns etwas zu, das ich nicht verstand. Nur »Mademoiselle« verstand ich, das riefen sie immer wieder, sie winkten uns zu. Ich glaube, sie meinten Erna. Im Krankenzimmer war meine Mutter kaum noch ansprechbar, das Gefäß für ihren Auswurf war halbvoll, die grüne Flüssigkeit werde ich nicht vergessen. Bei der Beerdigung trug ich ein Samtkleid und einen Hut.

An Martha, meine Stiefmutter, habe ich mich gewöhnt, weil ich es musste.

In Neuruppin treffen wir andere Schönwalder, mit Günther

aus meiner Klasse gehe ich ans Ufer des Neuruppiner Sees. Lange sehen wir auf das Wasser, endlich ein anderer Anblick als Soldaten, Panzer, Leichen. Wir schlafen in einer Schule, in der niemand mehr lernt. Hunderte Leute auf der Flucht schlafen in einem großen Saal, wenn man das so nennen kann. Schlafen. Soldaten geben uns in ihrem Kochgeschirr eine Kelle voll Möhrensuppe. Ich trage ein Sommerkleid. Die Russen sind kurz vor dem Barnim.

# Boulevard des Batignolles

## 2015

Es ist schon zwei Uhr, draußen rauscht noch immer der Verkehr vorbei, hier nahe der Place de Clichy.

Wir liegen auf dem Bett und reden, immer noch. Sie ist neben mir, in diesem weißen Sommerkleid, endlich kann ich ihren Rücken streicheln, da ist eine kleine Stelle, eine Kuhle, in der die Haut ganz rau ist. Ich bin so nah neben ihr, dass mich ihre Korkenzieherlocken im Gesicht kitzeln.

Das war so beängstigend, so krass, ich sehe noch das Messer vor mir, dieses glänzende Etwas, er hielt es wie selbstverständlich in der Hand, ich fühle Hass und Angst zu gleichen Teilen – doch nun sind wir hier und fühlen uns frei. Wir haben überlebt, auch Agápi scheint die Gefahr jetzt bewusst zu werden, sie hat gezittert vorhin auf dem Nachhauseweg, so sehr, dass ich sie stützen musste, tragen beinahe. Wir sind ohne Wunden nach Hause gekommen. Und ohne Handtasche.

Es ist schön, dieses Gefühl. Hinterher. Wenn man es überstanden hat. Das Adrenalin gemischt mit zu viel Alkohol. Wir sind sehr betrunken. Der Überfall vor Sacré-Cœur hat uns verängstigt, und nun beschwingt er uns. So ist das mit Ausnahmesituationen, mit Grenzerfahrungen: Hinterher lassen sie einen sich richtig lebendig fühlen. Vermutlich wollte ich deshalb immer wieder in Kriegsgebiete fliegen. Weil die Lebensgefahr das Leben erfahrbar macht. Weil ich spüre, wie platt das klingt, sage ich es ihr nicht. Vorhin war ich auch nicht unbedingt der unbezwingbare Hulk.

Vor uns steht eine Flasche *Taittinger*, der Champagner belebt unsere Sinne wie Kokain. Wir liegen hier, noch angezogen, küssen uns lange, innig, und nun erzählt mir Agápi wieder von ihrem Leben. Und ich wünsche mir, dass sie nie aufhört. Sie ist gedanklich im Finanzministerium gewesen, nun schließt sie:

»Weißt du, manchmal kommt es mir so vor: Je näher wir an den Mächtigen dieser Welt sind, umso toller ist es auf der einen Seite, weil wir dann so krasse Dinge erleben, weil wir euphorisch sein können. Und dann am Morgen nach einem großen Erlebnis, am nächsten Morgen schon, fallen wir in ein riesiges Loch und sind viel einsamer als normale Menschen.« Sie macht eine Pause nach diesem Geständnis – war es ein Geständnis? –, dann fährt sie fort: »Ich bin mir gar nicht sicher, ob es den Mächtigen nicht genauso geht.«

Ich überlege lange, trinke und schenke erst Agápi und dann mir nach. Aber mir fällt nichts Kluges ein, das ich erwidern könnte.

»Ich verrate dir was«, flüstert sie, kichernd, komplizenhaft. Sie ist wirklich betrunken. »Wir lancieren morgen eine Initiative zusammen mit dem französischen Minister. Wir werden einen Schuldenschnitt für Griechenland fordern, 50 Prozent Schuldenerlass, damit mein Land wieder atmen kann. Wir werden einen Block gegen Deutschland bauen, einen Block der Südländer.«

Sie sagt es und wartet auf den Knall. Und wirklich: In meinem Kopf knallt es. Ich warte ab, sie ist noch nicht fertig.

»Paris ist dabei, Zypern, Italien, Spanien vielleicht. Dann

kann der deutsche Minister gar nicht nein sagen. Das stellen wir morgen vor, darum sind wir hier.«

Ich staune. Sie ist eingeweiht in solche krassen Pläne.

»Dir ist natürlich klar, dass ich dir das als deine Liebhaberin erzähle, nicht als deine Informantin.«

Ich grinse.

»Meine Liebhaberin also, na, dann zeig mal, was du kannst.«

Sie lacht verschmitzt, nimmt einen Schluck aus ihrem Glas und wirft es sich angedeutet über die Schulter, dabei rutscht es ihr wirklich aus der Hand, fällt nach hinten, erst auf den Teppich, dann rollt es leise klirrend auf das Parkett, ohne kaputtzugehen.

»Ups«, sagt sie und kichert weiter.

Sie rollt sich zu mir, knöpft mit einer Hand mein Hemd auf und macht sich mit der anderen an meinem Gürtel zu schaffen. Ich küsse ihren Nacken, ihr Duft ist wundervoll. Sie ist wundervoll.

Sie kommt mir sehr viel besonderer vor als ich mir selbst.

# 139, Rue de Bercy

## 2015

Die Kollegen stehen dicht gedrängt vor ihren Kameras. Es ist ein Stimmengewirr, unerträglich eigentlich – am Morgen nach einer kurzen Nacht. Sie alle haben ihren Knopf im Ohr, schauen angestrengt oder lächelnd oder einfach nur professionell in die Objektive und erzählen etwas zum bevorstehenden Treffen des französischen und des griechischen Finanzministers. Ich lausche in ihre Schalteinschätzungen hinein, sie wissen nichts vom heutigen Tag, mutmaßen Entwicklungen, erzählen den Zuschauern ihre auswendig gelernten Plattitüden: »einvernehmliches Gespräch erwartet«, »schwierige Verhandlungen«, »nicht viel Neues zu erwarten«. Ich dagegen weiß was, aber ich werde es nicht sagen, so viel ist sicher.

Ich schaue auf die Uhr, ich habe noch acht Minuten bis zu meiner Schalte, der ersten von heute, es ist kurz vor acht. Ich bin erst vor einer Stunde aufgestanden, Agápi hatte schon eine Stunde davor geduscht und, kaum war sie angezogen, die Wohnung verlassen. Sie hatte mich, verschlafen und versoffen wie ich war, auf den Mund geküsst, mich mit ihrer Zunge liebkost, eine sehr intime Geste, vielleicht wünsche ich mir, dass genau so ein Morgen zum Ritual wird.

Nun stehe ich hier, sehe meinerseits in das Objektiv des

Kameramanns und komme mir vor wie ein Außerirdischer. Ich bin im Rausch: Rotwein, Sex, Liebesgeflüster – die ganze Nacht. Wie soll ich nur diesen Tag durchstehen?

Mein Handy klingelt.

»Hier ist Christophe«, meldet sich der Redaktionsleiter. »Du, hast du was Gutes für mich? Hat irgendein Sprecher schon was rausgelassen zum Treffen? Der Boss macht mir die Hölle heiß. Die Quoten gestern waren oberscheiße, France24 hatte 'ne Exklusivmeldung zu Mali, und wir hinken nur noch hinterher. Wäre schön, wenn ihr da draußen mal den Kopf aus dem Arsch zieht und euch ein paar heiße Informationen besorgt. Ich bezahl euch schließlich nicht aus Wohltätigkeit.«

Ich schlucke. Der Ton im Sender ist oft wie in der Kaserne, das weiß ich, aber so einen Ausbruch habe ich noch nicht erlebt. Der Mann hat Druck.

Ich sehe Agápi vor mir, meine Gedanken wollen nicht weg von ihr, der Redaktionsleiter wartet am Telefon, bis ich mich bequeme, ihm zu antworten, und ich denke daran, wie sie vor mir liegt, die Augen ganz leicht geöffnet, den Kopf zurückgeworfen, wie sie sich windet, stöhnt, sich immer wieder zu mir hochzieht und mich küsst.

»Ich hab nichts, Christophe«, sage ich, »aber ich sehe zu, dass ich über den Tag was rauskriege.«

Er grummelt, wirft mir als Verabschiedung Verwünschungen hinterher. France24, der öffentlich-rechtliche Sender, ist unsere Hauptkonkurrenz. Dazu noch BFM-TV, die Schreihälse in Blau. Alle haben ständig was exklusiv, nur wir hinken seit Monaten hinterher. Es ist ein Kampf um Einschaltquoten, jeden Tag, immer werden sie minutiös aufgeschlüsselt, als würde allein eine Schalte von mir über Wohl und Wehe entscheiden, darüber, ob jemand ausschaltet, nur weil er meine Visage nicht ertragen kann.

Wir sind nicht *Le Monde* oder *Le Figaro*, geschweige denn die *BBC* oder *CNN*, die mit ihren riesigen Rechercheteams ständig auf der Jagd nach exklusiven Storys sind, die fette Honorare zahlen und fette Spesen, bei denen jeder Reporter noch drei Producer hat und eine Maskenbildnerin gleich daneben, die ihn alle drei Minuten abpudert. Wir stehen allein, wir Reporter, müssen stündlich auf den Sender, um live etwas zu erzählen, wir recherchieren allein, schreiben unsere Texte allein, zwischendurch noch Drehs und Interviews. Mir fehlt schlicht die Vorstellungskraft, wann ich eine exklusive Information beschaffen sollte – und von wem. In der Mittagspause? Im Bett? Nun, das zumindest hat ja geklappt. Nur war es kein wahnwitziger Plan eines Reportergenies gewesen, sich an die Frau ranmachen, die Information bekommen und dann: zack auf den Sender, raus damit und sie nie wiedersehen, dafür aber Chefreporter werden. Nein, so einer bin ich nicht, verdammt noch mal, was für ein Gedanke.

Im Ohr klingelt es, der Sender ruft an, ich werde in die Regie durchgestellt. Zwei Minuten bis zur Liveschalte. Neben der Pressetribüne in meinem Rücken sehe ich die Limousine halten, ein französisches Modell. Hinten steigt der griechische Finanzminister aus, jener kleine besonnene Mann, heute im blauen Pullunder, blaues Sakko, keine Krawatte. Und weiter hinten aus dem VW-Bus des Konvois steigt im selben Moment Agápi. Ich halte den Atem an, sie unterhält sich angeregt mit dem Pressesprecher, trägt ein Kostüm, sie war im Hotel, hat sich umgezogen, nur die Ohrringe sind dieselben wie am Morgen in meiner Wohnung, sie sieht strahlend aus, schön, frisch, so als wäre die Nacht vorgestern gewesen, unsere gemeinsame Nacht.

Wie anziehend sie ist und wie geschäftig. Sie verschwindet mit dem Minister im Gebäude.

»Und wir schalten zu unserem Reporter in Bercy, der griechische Finanzminister ist eben eingetroffen, wir haben die Livebilder gesehen. Was erwarten Sie heute von dem Gespräch auf höchster politischer Ebene?«

Die Moderatorin der Morgensendung dringt in meine Gedanken, ihre Stimme, ihre gutgelaunte Frage, wie können die immer so gut gelaunt sein, diese Morgenmoderatoren, ich sehe direkt in die Kamera, drücke den Finger ins Ohr, um den kleinen Knopf wieder zu fixieren, der sich gelöst hat, doch eigentlich ist es eine Übersprunghandlung, ich brauche einen Moment, dann lächle ich kurz, ein Hochziehen der Augenbraue, Ironie, Wissen soll das andeuten, und dann:

»Ja, Agathe, in der Tat, es ist schon etwas nach außen gedrungen, Informationen, die mir exklusiv vorliegen aus Kreisen der Verhandler, denen ich nahestehe: Es soll hier heute in Bercy eine Initiative beschlossen werden zwischen den Franzosen und den Griechen, um einen Schuldenschnitt für Griechenland zu erreichen. Ja, Sie hören recht, Agathe, das ist eine Sensation. Die Sensation, auf die internationale Finanzmärkte und Staaten gewartet haben. Der Plan im Detail: Die Hälfte der griechischen Schulden bei EZB, EU und IWF soll dem Land erlassen werden, da geht es um mindestens 50 Milliarden Euro. Es gibt offenbar eine breite Allianz von Eurostaaten, besonders den Südländern, die sich daran beteiligen wollen – und diese breite Front wird es auch brauchen, denn es gilt ja, die Deutschen zu überzeugen. Ich habe diese Information aus sicherer Quelle, der Plan wird hier in den kommenden Stunden erörtert, wir werden natürlich den ganzen Tag weiter darüber berichten.«

Stille am anderen Ende, dann bedankt sich Agathe, ich sehe auf dem kleinen Monitor ihren hektischen Blick, sie hat keine Nachfrage gestellt, zu aufgeregt ist sie.

»*Merci beaucoup*, du bist runter«, sagt die Regisseurin und teilt mir damit mit, dass ich meinen Standplatz verlassen kann. Ich lege mein Mikrofon ab, um mich herum beginnen die Telefone zu klingeln.

Ich sehe, wie die Kollegen an ihre Blackberrys und ihre iPhones gehen, erst der Reporter von BFM-TV, dann der Kollege von TF1, dann der von France24 und schließlich sogar der britische Reporter der BBC. Ich höre, wie am jeweils anderen Ende der Leitung gebrüllt wird, der Mann von France24 kriegt einen ganz roten Kopf. Warum, warum um alles in der Welt, hatte er diese Information nicht?

# 1891 Follower

## 2015

Ich sehe auf meinem Handy dabei zu, wie die Zahl meiner Twitter-Follower steigt. Ich bin erhitzt. Das Telefon hört nicht mehr auf zu klingeln.

Christophe ruft noch mal an, er ist ganz erregt, weiß nicht, ob er sich freuen oder über mich ärgern soll. Kurzerhand entscheidet er sich fürs Freuen. Aber nur weil ihn CNN aus Atlanta angerufen hat – ob ich die Informationen für sie live auf dem Sender wiederholen könne. Wo ich das denn herhabe, fragt er. Kann ich dir nicht sagen, antworte ich. Er findet es aber wohl eh nicht so wichtig, er muss los: zur Planungssitzung für eine Sondersendung zum Thema.

Als Nächstes ruft der Kollege von *Le Parisien* an, dann noch ein paar Reporter aus Brüssel. Auch Alain. Mann, ich sei ja ein Investigativreporter, scherzt er. Die Vorsicht in seiner Stimme höre ich trotzdem. Woher ich das wisse? Er sagt: »Mal sehen, was das für eine Lawine wird, die du da ausgelöst hast.« Mir wird schlecht. Ich begreife es langsam. Meine Information geht um die Welt. Nein, nicht meine. Agápis Information.

Ich haue ab, schnell, für eine halbe Stunde. Ich gehe nicht mehr ran, will nicht mehr angesprochen werden, renne über die Straße, die Sonnenbrille als Schutz vor der Welt, ich sitze draußen vorm *Café Chambertin*. Das Finanzministerium, dieser moderne Koloss, wirft einen gewaltigen schwarzen Schatten. Ich trinke einen Espresso, den dritten, er schafft es nicht, mir noch mehr Magenschmerzen zu bereiten, als ich ohnehin habe.

Immer wieder piept es in den E-Mails, weil immer neue Meldungen von Twitter kommen. Am Morgen, vor der Schalte, waren es 216 Follower. Ich rechtfertige mich vor mir selbst. Ich habe die Info exklusiv gehabt. Sie hat sie mir doch erzählt. Sie kennt meinen Beruf. Meine inneren Zwänge. *Information first.* Sie werden es nachher doch ohnehin rauslassen auf der Pressekonferenz, die beiden Minister werden die Nachricht bestätigen. Und dann haben es alle. Alle Sender, alle Zeitungen. So habe ich meinen kleinen Informationsvorsprung an die Zuschauer weitergegeben. Das ist doch meine Aufgabe, mein Beruf, die vierte Säule der Demokratie, wie ich immer auf Partys scherze, das sind wir Journalisten.

Meine Stirn ist schweißnass. Agápi wird es verstehen. Sie ist doch karrierebewusst. Genau wie ich. Niemand weiß, dass sie es mir gesagt hat. Von daher ist es eine blitzsaubere Sache.

In Wahrheit habe ich Angst, dass sich mein Triumph in eine Niederlage verkehrt. Meine Niederlage. Hochmut und der Fall. In einer Minute 30. So lange, wie eine Nachricht im Fernsehen dauert.

Ich bin so verliebt in diese griechische Schönheit. In ihre zarte Haut. In ihre braunen Augen. Wir haben den besten Sex meines Lebens gehabt, vielleicht *unseres* Lebens, das hoffe ich, ich Idiot, vergangene Nacht. Sie ist so zärtlich, gleichzeitig so intensiv.

Wir hatten vielleicht zwei Stunden geschlafen, der Verkehr rauschte draußen vor dem Fenster vorbei, sie hatte sich an mich gekuschelt, von hinten an meinen Rücken. Ich kann mich nicht erinnern, wann ich mich zum letzten Mal so geborgen gefühlt habe.

Ich weiß genau, dass es aus ist. Agápi und ich. Aus.

Mir ist heiß und kalt. Ich will einen Wein bestellen oder besser einen Cognac. Ich hab noch sieben Liveschalten vor mir.

Ist es vorbei? Alles? In meinen Augen ist das, was wir haben, in diesem Moment *alles*. Ich verbinde mein Leben mit ihrem. Ich will nur, dass sie sich wieder an meinen Rücken kuschelt, für immer, will nie mehr aufstehen, was habe ich für kitschige Gedanken. Bin ich nur einsam? Oder verliebt?

Auf meinem Handy erreicht die Zahl meiner Twitter-Follower genau 1000. Ich bekomme eine automatisch generierte Glückwunschmail. Einer der Follower ist ein bekannter Wirtschaftsjournalist vom *Politico*, ein anderer der EU-Haushaltskommissar, der mich bisher mit dem Arsch nicht angeguckt hat.

Ich gehe wieder hinüber, es ist gleich elf Uhr, Zeit für die nächste Schalte. Mittlerweile sind wir nicht mehr die Einzigen, die über den Schuldenschnittplan sprechen, alle Kollegen haben meine Information aufgegriffen, geben unseren Sender als Quelle an.

Es gibt nur ein Problem. Der Sprecher des französischen Ministers hat meine Information nicht bestätigt. Das höre ich, als ich wieder im Ministerium bin. Andere Reporter haben ihn angesprochen, er steht unten an der Café-Bar und rollt mit den Augen, schüttelt den Kopf. So erzählt es mir der Kollege von BFM und fragt:

»Bist du ganz sicher?«

»Ja«, sage ich, »sie werden es uns nachher erzählen. Sie wollen keine große Vorabgeschichte. Sie wollen ja noch die Deutschen überzeugen.«

Er schaut mich skeptisch an. Es ist das übliche Spiel, das weiß er auch. Bei jeder neuen Idee wird erst nichts gesagt, alles dementiert, um dann nachher in der Pressekonferenz genau die Geschichte zu bestätigen und als den eigenen Erfolg zu verkaufen.

Auf meinem Handy leuchtet eine Push-Nachricht der ARD auf, des ersten deutschen Fernsehens.

*Deutscher Finanzminister lehnt griechische Schuldenschnittpläne ab,* steht da.

Ich grinse. Langsam kommt Bewegung in die Sache. Wenn sich der Sprecher des Finanzministers in Berlin bemüßigt fühlt, sich zu meinen Informationen zu äußern, dann kann eine Bestätigung nicht mehr weit sein.

Meine Twitter-Follower-Zahl zeigt 1416.

Ich bin auf der richtigen Seite der Geschichte. Das ist eine wichtige Information für die Zuschauer gewesen. Ich hatte sie als Erster. Das Video von meiner Schalte wird in allen Redaktionsstuben und Pressestellen Europas angeschaut. Gleich wird meine Information bestätigt werden.

Ich springe von Twitter zu WhatsApp. In den Chat mit Agápi. Die letzte Nachricht ist die, die sie mir gestern Abend geschrieben hat:

*»In der Metro. In zehn Minuten bei dir.«*

Nun steht da unter ihrem Namen – mein Herz jubiliert – *online.* Endlich.

Das letzte Mal war sie gestern Abend aktiv, das stand dort die letzten Male, als ich schaute, vor 180, 140, 120, 110, 80, 55, 30 Minuten. Sie war nicht online gewesen bis jetzt. Sie wird sich gleich melden. Mir antworten.

*»Alles okay?«,* hatte ich geschrieben. Heute Morgen. Eine halbe Stunde nach meiner ersten Schalte.

*Online* steht da.

Nicht: »*Schreibt ...*«

Nur: *Online.*

Ich starre auf das Handy, sehe mich von außen, sehe mich lauern wie eine Schlange auf Beute, nein, noch viel passiver. Es ist ein Lauern. Ein abwartendes, sich nicht bewegendes Lauern.

Ich renne nach meiner Schalte wieder rüber ins Café, schubse einen Reporter zur Seite, der sich mir in den Weg stellen will, um noch eine Frage zu stellen. Ich hetze auf die Toilette, würge ins Becken, aber es kommt nichts. Ich klatsche mir kaltes Wasser ins Gesicht. Blass und rot, mein Anblick im Spiegel. Die Arbeit der Maskenbildnerin ist im Eimer.

Ich bestelle einen Weißwein beim Kellner. Ich muss das gallige Gefühl bekämpfen.

*Online.*

Vor meinem Tisch rasen die Motorroller vorbei Richtung Innenstadt. Notre-Dame ist nicht weit weg, gestern Abend haben wir die Kathedrale von Sacré-Cœur aus gesehen. Alles ist Erinnerung. Das war vor dem Überfall. Kurz bevor wir in meiner Wohnung im Bett lagen unter meiner rot gestreiften Bettdecke und ich meine Zunge zwischen ihren Beinen vergrub und sie meinen Hinterkopf zerkratzte mit ihren roten Fingernägeln, und sie stöhnte in diesem herrlichen Singsang, mit dieser schönen hellen Stimme, auf Griechisch, es machte mich sehr stolz. Und verrückt. Sie macht mich verrückt nach sich.

*Online* steht da. Und dann verschwindet es. Nur noch ihr Name. *Agápi*, und der Zauber der Hoffnung ist verschwunden, und da ist nur noch Angst.

Sie schreibt mir nicht. Hat sich aktiv dagegen entschieden, auf meine Nachricht zu antworten. Es ist die ultimative Abweisung.

Meine Hände sind schweißnass, als ich das Handy auf den Tisch lege, nur eine kurze Sekunde, dann stecke ich es in die Innentasche. Erst letzte Woche hat eine Gruppe Roma-Kinder einer Kollegin das iPhone vom Cafétisch gestohlen, am helllichten Tag mitten auf dem Platz vorm Palais Royal. Paris ist ein Moloch. Ich fühle mich sehr einsam.

Ich lege 6 Euro in das rote Schälchen und gehe hinüber in den Hof des Finanzministeriums.

Die Kollegen eilen in den Pressekonferenzraum. Komisch. Zu früh. Ich gehe ihnen hinterher. Es ist ein hektisches Wortwirrwarr dort. Als ich eintrete, verstummen die Gespräche. Der Mann von TF1 stupst seinen Kameramann an, der sieht mich an, muss grinsen. Was ist hier los?

Kaum sitze ich, da öffnet sich hinterm Podium die Tür. Der französische Finanzminister tritt ein, der eitle Pfau. Der Grieche fehlt. Ich spüre meine feuchte Stirn. Auf meinem Handy neue Mails. Keine Nachricht von Agápi. Zuletzt war sie vor 20 Minuten online. Ich sehe aufs Handy, sehe nicht nach vorn.

»Meine Damen und Herren«, beginnt er, klein, schwitzend, längst nicht so schwitzend wie ich, dabei ist es hier drinnen kalt, klimatisiert, furchtbar.

Er steht vor dieser unterirdisch hässlichen Wand aus hellem Holz – jeder Fernsehreporter hat längst auf Änderung gedrängt, aber auf uns hört ja keiner. Das sind keine Insignien der Macht, dieses Podium sieht aus wie Frankreichs Finanzlage.

»Wir hatten heute ein Treffen mit dem Kollegen aus Griechenland. Es ging – Sie wissen es – um die angespannte Situation dort und um einen Wunsch der Athener Kollegen. Es wurde ja von Ihnen schon ausgiebig darüber berichtet, wir haben das mit viel Interesse und auch Heiterkeit verfolgt.

Denn ich muss Ihnen sagen: Ja, die Griechen haben den Wunsch nach einem Schuldenschnitt geäußert. Sie wollten dazu einen südeuropäischen Block bauen mit Spanien und Italien, natürlich auch mit uns als wichtigstem Verbündeten. Frankreich ist aber keine Nation der Schuldenmacher, sondern eine der Haushaltsdisziplin.«

Allgemeine Heiterkeit im Saal, er fährt genervt fort.

»Ich habe mich telefonisch mit meinem deutschen und meinem niederländischen Kollegen beraten – und wir alle sind der Auffassung, dass es keinerlei Anlass gibt, über einen Schuldenschnitt für Athen zu sprechen. Ich habe das meinem griechischen Amtskollegen mitgeteilt.«

Ich schwitze nicht, ich zerfließe. Alle Augen sind auf mich gerichtet, ich spüre es, sehe aber starr nach vorn.

»Ein Schuldenschnitt zum jetzigen Zeitpunkt würde dazu führen, dass die Griechen in ihren Sparbemühungen nachlassen, das ist die französische und die deutsche Haltung. Ich möchte zudem betonen, dass die Idee eines Schuldenschnitts eine rein griechische Initiative war, keine französische. Und Sie können sich Ihren Reim darauf machen, warum ich diese Pressekonferenz jetzt allein gebe, ohne griechische Beteiligung. Der Minister reist gleich ab. Es war sicher nicht sehr hilfreich für ihn, dass diese Information in einem so frühen Stadium geleakt wurde. Es hat die Verhandlungen sehr belastet. Aber gut, meine Damen und meine Herren, Sie machen ja nur Ihre Arbeit. Ich danke Ihnen.«

Er wartet einen Moment, in dem er mich ansieht und verächtlich den Kopf zurückwirft – ich schwöre, dass es so geschieht –, dann verlässt er mit seinen kurzen Beinen den Saal. Sofort geht ein hektisches Geraune durch die Reportermeute, Telefone klingeln, nur meins bleibt stumm.

Dieser Mistkerl. Er hat die Initiative natürlich mit den Griechen vorbereitet, um zu prüfen, ob er dem deutschen Spar-minister eins auswischen konnte. Wäre ja schließlich auch für Frankreich und seinen Schuldenberg gut, wenn Deutschland nicht mehr ganz so übermächtig und hartherzig wäre. Doch er hat gespürt, dass Berlin nicht mitmachen würde, es ist ja bald Bundestagswahl. Und so hatte er Athen den Wölfen zum Fraß vorgeworfen.

Agápi.

Ich springe auf, achte nicht mehr auf die Blicke der anderen und renne hinaus zur Vorfahrtsebene, dorthin, wo die Staats-gäste ankommen und abfahren.

Ein Glück. Er steht noch da, der Konvoi der Griechen: die Limousine des Ministers, der VW-Bus der Beamten. Ich hetze die Treppe herunter bis zur Absperrung, ein Sicherheitsmann beäugt mich misstrauisch, dann sieht er den Knopf in mei-nem Ohr, der mich als Reporter zu erkennen gibt.

Die Tür zum Ministerium öffnet sich, heraus kommt der Minister, mit finsterer Miene zu seinem Sprecher gebeugt, sie diskutieren in schnellem Griechisch, es ist eine Litanei, im-mer wieder wiederholt der Minister einen Satz, gestikuliert wild, dieser kleine besonnene Mann kann offensichtlich auch anders.

Und dann Agápi. Sie geht ganz aufrecht, 30, 40 Meter hin-ter dem Minister, sie folgt ihm nicht rennend, sondern sie schreitet, flankiert von zwei Kollegen. Sie sieht ganz fest nach vorne, nicht zu mir, der ich hinter der Absperrung stehe, nach vorne gebeugt über die Gitter, ich schaue sie an, will et-was rufen, aber ich traue mich nicht. Sie ist vorbei an mir, sie hat mich nicht gesehen, glaube ich. Kann das sein?

Dann, der Minister sitzt schon in der Limousine, die ih-ren Motor startet, kurz bevor sie den VW-Bus erreicht hat, dreht sie den Kopf zur Seite. Zu mir. Sieht mich direkt an.

Sie lächelt nicht, sie schaut nicht wütend und nicht traurig. Sie sieht mich einfach nur an. Hält die Hände dicht am Körper. Fünf Sekunden. Völlige Stille. Keine Verurteilung liegt in diesen dunkelbraunen Augen mit den gelben Flecken, keine Anklage. Sie schaut verwundert, vielleicht ist es das. Verwunderung. Sie steigt ein, der Konvoi fährt los.

Ich muss den Blick abwenden, weil es mich zerreißt.

Ich schaue auf mein Handy. 1891 Follower. Ich bin ein gefragter Mann. Nur der EU-Haushaltskommissar hat mich schon wieder entfolgt.

# Auf dem Weg von Neuruppin
## nach Wittstock

APRIL 1945

Der Marktplatz von Wittstock ist groß. Ich stelle mir vor, wie schön diese Stadt vor dem Krieg gewesen sein muss. Alte Bürgerhäuser, die Weite, die hölzernen Fenster, man wähnt das Meer nah. Sie sind ein Blödsinn, diese Gedanken, denn es ist Krieg.

Der Marktplatz ist voller Menschen, deren Weg nach Norden führt. Unglaublich, dass wir wieder Schönwalder treffen.

Die Grothmanns sind hier, ältere Leute. Sie erkennen uns, und allein dieses Gefühl, sich wiederzuerkennen, gibt mir einen Moment Hoffnung. Ich gehe mit Jan zu ihnen, ich sehe zweimal hin, weil sie auf ihrem Wagen einen Käfig haben. Einen Käfig, in dem zwei Hühner sind. Sie haben ihre Hühner mitgenommen. So haben sie zwei Eier jeden Tag. Falls die Hühner Eier legen bei der Aufregung des Weges, dem Holpern, der Hitze. Der April ist warm geworden. Ich kann mich selbst nicht mehr riechen. Mein Kleid steht vor Dreck.

Wir haben unsere sechs Hühner in der Siedlung zurückgelassen, wir hätten sie doch nicht auf unseren Handwagen packen können. Jemand wird sie schon geholt haben, jemand, der nicht fliehen konnte. Ein gutes Mahl für die Daheimgebliebenen. Oder für die Russen.

Wir schlafen in einem Haus am Ortsrand, im Garten steht eine Scheune. Wir liegen auf dem Stroh. Wir haben das Federbett wieder nicht vom Wagen genommen. Aber es gibt Dinge, die lässt man eben nicht daheim.

Jan erzählt mir, dass er verlobt ist, drüben in Holland. Ich stelle mir ein rothaariges Mädchen vor mit Zöpfen, es muss ein herrliches Land sein, in dem er wohnt, ich sehe Wasser, Windmühlen. Bilder aus der Schule, aus einem alten Buch.

Er hat sich verlobt, kurz bevor die Nazis ihn für die Arbeit in der Reichshauptstadt rekrutiert haben.

Den Namen seiner Verlobten sagt er mir nicht. Ich höre ihm gerne zu.

# Kristina reloaded

## 2015

Es ist kein gutes Zeichen für meine innere Stimmung, wenn ich anfange rumzuphilosophieren. Aber da es mir nicht gutgeht, bitte sehr:

Unsere Gesellschaft kommt mir so vor wie der Zustand des Friedensnobelpreisträgers EU: Es ist, als hätte uns jemand mal einen Preis verliehen, weil wir gute Menschen sind. Und nun müssen wir täglich so tun, als wären wir das wirklich. Als würden wir wirklich unsere Frau gut behandeln, biologisches Obst essen und dem Obdachlosen am Cafétisch mehr als 20 Cent geben. Dabei sind wir eigentlich Wilde, die einen anderen verprügeln wollen, weil er uns den Parkplatz geklaut hat.

Wir wissen schon längst nicht mehr, warum wir gut sein sollen – außer, weil es sich so gehört, weil das Fortschritt sein soll. Und um uns herum sieht alles ganz schön runtergekommen aus.

Ich lag lange im Bett und habe mich bemitleidet. Tagelang. Es gab nichts zu tun, keine Breaking News. Vielleicht mied mich die Redaktion auch, weil ich so fundamentalen Blödsinn erzählt hatte. Ich versuchte, bei zwei oder drei Verantwortlichen Schönwetter zu machen, aber als einer davon abwiegelte und der zweite nicht ans Telefon ging, ließ ich es wieder. Irgendwann würden sie anrufen, so war es immer. Sie hatten zwar genug Leute, die diesen Job machen wollten, aber auch die jungen Reporter hatten auf einmal den Wunsch nach einer Work-Life-Balance, es war ganz und gar abenteuerlich. Die wollten doch tatsächlich einen Tag frei nach zehn Tagen Arbeit. Währenddessen befand sich die Zahl meiner Follower in freiem Fall. Meine fünf Minuten Ruhm.

Nach einer Woche gehe ich wieder ins Büro. Es ist, als wäre nichts gewesen. Meine Ängste lösen sich in Luft auf, weil nur einer einen doofen Scherz macht, »Na, da kommt ja unser Watergate-Kollege«, und das war's. Aber eigentlich macht es das für mich noch schlimmer. Es kommt mir alles sinnlos vor. Niemand regt sich ernsthaft über meine Fehlinformation auf. Es ist ja nichts weiter passiert. Ein weiteres Dementi in einer Welt von Dementis.

Dieser Gedanke hätte mich stutzig machen müssen. Denn das wird die Grundlage dafür werden, dass Trump überhaupt passieren kann.

Wenigstens war der Sender mal wieder für ein paar Stunden in aller Munde. Schnell, aktiv, Breaking News. Dass sich die Information dann zerschlug, tat dem Informationsvorsprung keinen Abbruch, zumindest in der Wahrnehmung der Kollegen.

Wieder Tage später rufe ich die Nummer an, die ich oft anrufe, wenn ich auch einfach allein sein könnte. Nur kann ich das eben nicht so gut. Zwei Stunden später bin ich in ihr. In meinem Bett, Bötzowstraße.

Wir haben eine Weile auf meinem Balkon gesessen, im untergehenden Sonnenlicht, es ist eine schöne Straße, die Bäume enden dort, wo mein Balkon beginnt, das rote Licht lässt die Blätter leuchten. Kristina zeigt darauf, erst dann fällt es auch mir auf. Es ist Mittwochabend, wir haben jede Menge Weißwein getrunken, sie hat welchen vom Späti mitgebracht, dann Rotwein, als der Weißwein alle ist. Wir haben uns im Sitzen geküsst, auf den beiden Balkonstühlen, kurz nur, dann habe ich sie noch hier draußen von hinten genommen, am Geländer stehend, von unten kann man nichts sehen, das bilde ich mir zumindest ein.

Wir liegen im Bett und bringen es zu Ende. Ich mochte es, wie sie vorhin einfach erzählt hat, von ihrem Job, von einer Reise nach Sri Lanka, die sie plant. Sie wird mich bald fragen, ob ich mitkommen möchte, denke ich. Es war gut, ich konnte für zehn Minuten den Kopf ausschalten. Meine Lust kam wie eine Welle. Vielleicht ist es auch keine Lust, schießt es mir in den Kopf, vielleicht will ich einfach nur berührt werden. Sie wird hier schlafen wollen, denke ich, bisher habe ich immer Gründe vorgeschoben, warum das nicht geht. Heute sage ich nichts, bis ich höre, wie sie neben mir atmet, sie schläft. Ich spüre eine Wärme in mir, vielleicht kann ich endlich auch mal wieder schlafen, ein, zwei Stunden.

Agápi taucht nur noch alle zehn Minuten in meinen Gedanken auf. Ein Glück.

# Island of Lesbos

## 2015

Die Anschnallzeichen leuchten auf, es erklingt das kleine *Bing*. Ich ignoriere beides. Ich will noch nicht aufwachen.

Die kleine Maschine der *Olympic Airways* nimmt Kurs auf Lesbos, unten liegt das blaugrüne Mittelmeer, die Wellen sehen winzig aus, wie sie mit weißen Schaumkronen an der Küste anlanden, ich sehe die ersten Felsen, und dann fliegen wir direkt über die weißen und roten Dächer der Inselhauptstadt, die große blaue Fähre der *Blue Star Ferries* liegt im Hafen, daneben die grauen Kreuzer der griechischen Marine, dann fliegen wir über die Vororte. Der Flughafen liegt vier Kilometer nördlich von Mytilini, es ist mein erstes Mal auf der Insel, ich habe das vorher gegoogelt.

Von Athen hier herüber ist es nur eine Dreiviertelstunde in dieser kleinen Propellermaschine, die fast leer geblieben ist. Ich sitze ganz vorne und beobachte, was unter mir ist, sehe, wie der Zaun des Flughafens in den Blick kommt, noch ein Stück unter uns, doch wir nähern uns dem Boden.

Ruben, der Kameramann, sitzt weit hinter mir, er hat sich selbst eingecheckt. Ich schalte auf meinem Handy den Flugmodus aus, mal schauen, ob ich hier Netz kriege, schließlich ist der Boden schon nah. Ich muss an meine Mails.

Die letzten Wochen waren stressig. In Paris berichtete ich über die Anstrengungen des Geheimdienstes und der Police Nationale, das Land sicherer zu machen in Sachen Terror. Es gibt Antiterrorübungen in jeder Region, maskierte Cops rennen durch TGVs und Flughäfen und proben den Ernstfall. Der Präsident will Terroristen die Staatsbürgerschaft entziehen, sie quasi staatenlos machen. Franzosen. Es ist alles ein Wahnsinn.

In Berlin herrscht keine Terrorangst, dort redet man über die unangefochtene Kanzlerin und über die guten Steuereinnahmen. Und ist so langsam auf den Trichter gekommen, dass das Land in diesem Jahr vielleicht Ziel für 10 000 Flüchtlinge werden könnte. Weil die sich in Italien und Griechenland stauen, könnte es sein, dass die EU sie auf die anderen Mitgliedsländer verteilt.

10 000! Die Menschen sind in Aufregung, jetzt wird das Problem also Deutschland erreichen. Deshalb schickt mich die Redaktion hierher nach Lesbos, auf diese griechische Insel, die neuerdings Flüchtlinge aus Syrien anlockt.

Das ist nicht richtig schwer zu verstehen, denn Dutzende griechische Inseln liegen nur einen Steinwurf von der türkischen Küste entfernt. Und diese Küste wiederum ist nicht weit weg von der syrischen Grenze. Das ist ein Weg, den verängstigte Menschen auf der Flucht locker zu Fuß bewältigen auf ihrem Weg nach Europa. Offenbar sind einige 10 000 auf dem Weg, so hieß es jedenfalls.

Davon sollten nun einige wenige auch nach Deutschland kommen – und wie ging es damit eigentlich den deutschen Urlaubern in Griechenland? Konnten die noch ruhig am Strand liegen? So lautete in etwa der Arbeitsauftrag.

Es ist merkwürdig: Seit Jahren berichten wir aus den Fluchtgebieten der Welt – ich war mehrfach auf Lampedusa, in der spanischen Exklave Melilla, in Beirut. Überall hatte Europa es vermocht – zum Teil mit undemokratischen Mitteln –, die Flüchtlinge zurückzudrängen; doch jedes Mal hatten die sich einen neuen Weg gesucht – und gefunden.

Auf Lampedusa sprach ich mit den Bewohnern, die Jahr um Jahr den Menschen halfen, die jeden Morgen Boote am Strand fanden, die an manchen Tagen 10 000 Flüchtlinge auf einmal auf ihrer winzigen Insel aufnahmen.

In Melilla sah ich auf der marokkanischen Seite, wie an diesem sechs Meter hohen, doppelt mit Stacheldraht bewehrten Grenzzaun alle 50 Meter zusätzlich marokkanische Soldaten mit Maschinengewehren patrouillierten.

Und auf der anderen Seite der Grenze, schon auf spanischem Gebiet, kam ein Ghanaer auf mich zu, er ging an Krücken, erst als er um die Ecke war und ganz nah bei mir, sah ich, dass dem Mann ein Bein fehlte. Die Soldaten in Marokko hätten ihn zusammengeschlagen, erzählte er, und auf den Bahngleisen von Nador liegen lassen. Der Zug hatte das Bein abgetrennt.

Jetzt war der Mann in Europa, doch Geld für die Familie würde er nie nach Ghana schicken. Viele andere, die über den Zaun geklettert waren, wurden jede Nacht einfach wieder von der spanischen Guardia Civil durch die Drehtür im Zaun zurück nach Marokko geschickt. *Pushback* hieß das und war schlicht ein Verstoß gegen die Menschenrechtskonvention.

Im Dunkeln waren die Flüchtlinge aller Willkür und allem Hass ausgesetzt, jede Nacht. Die Polizisten herrschten, die Soldaten – und die Angst.

Ich hatte gezeigt, wie Hunderttausende auf der Flucht waren und wie sich andere Staaten in Europa, Afrika und in Nahost solidarisch zeigten. Und nun wunderten sie sich im reichen Deutschland, in genau dem Deutschland, das sich immer über die faulen Griechen und Italiener ereiferte, dass auch Menschen auf dem Weg ins teutonische Paradies waren? Und dass diese Menschen dann auch noch ihren Sommerurlaub stören wollten?

Das Flugzeug wirft seinen Schatten auf die Erde. Touchdown. Der Pilot bremst energisch auf der gefährlich kurzen Landebahn, und dann gleitet die Dash schon auf das Einfamilienhaus zu, das hier auf der entlegenen Insel als Terminal dient.

Lesbos zeigt sich sonnig, dieses tiefe griechische Blau. Am Tage nicht auszudenken, was sich hier jede Nacht für Dramen abspielen, ich hatte vorher gelesen, dass am Ufer verstreut Berge von Rettungswesten und kaputten Schlauchbooten herumliegen. Die müssen wir finden, denke ich, wir müssen ein Boot mit Flüchtlingen filmen, das anlandet, und mit besorgten Urlaubern reden. Für all das haben wir drei Tage.

Als sich die Tür öffnet, schiebt sich Ruben mit seiner großen Kamera auf der Schulter nach draußen, ich stehe auf und packe mein Handgepäck zusammen.

Ich hole schon den Mietwagen, um Zeit zu sparen, Ruben wartet auf das Gepäck: Stativ, Lichtkoffer, unsere Klamotten. Kurze Zeit später laden wir alles in den winzigen Hyundai i10, der wohl angeschafft wurde, als Griechenland noch ein blühender Staat war. Zu dieser Zeit muss er auch das letzte Mal gereinigt worden sein. Aber das Geräusch, das er beim Anfahren macht, ist phänomenal.

Vorm Flughafen stehen die Busfahrer zusammen mit zwei Flughafenmitarbeitern, rauchen und trinken Kaffee, die Sonne brennt, es wäre ein gutes Bild für meine Zuschauer, um die vielbeschworene Faulheit der Griechen zu charakterisieren – ich finde es einfach nur entspannend, das zu sehen.

Das kleine Boutiquehotel in der Ortsmitte ist gähnend leer.

»Es kommen nur Journalisten«, sagt die Rezeptionistin und gähnt, »keine Touristen mehr wegen der Flüchtlinge.«

BBC und CNN seien letzte Woche dagewesen. Nein, wir seien die ersten Journalisten aus Deutschland. Das Zimmer kostet nicht mal 50 Euro die Nacht, das Hotel trägt fünf Sterne.

»Wo sind denn die Flüchtlinge?«, frage ich. »Es gibt doch sicher einen zentralen Sammelpunkt?«

»Überall«, sagt sie.

Es klingt nicht wie eine Wertung, es ist eine simple Feststellung, als hielte sie meine Frage für ziemlich dumm.

Wir fahren los, doch wir müssen nicht lange Ausschau halten. Vor der Polizeiwache am Hafen stehen sie, es sind Hunderte. Kinder rennen an der Mole umher, immer wieder sehen sie nach ihren Müttern, die unter den wenigen Bäumen Schutz vor der Sonne gesucht haben. Die Männer stehen auf der Straße und rauchen, immer in Gruppen, die Älteren stehen zusammen und die ganz Jungen ihrerseits.

Der Hafen von Mytilini ist malerisch, anderswo wäre das ein Touristenmagnet, doch die Restaurants, die direkt am Kai liegen, sind leer, vorm Hotel Blue Sea kampieren Familien auf dem Gehsteig, die Schlafsäcke sind tagsüber in Einkaufswagen gestopft. Ein Autofahrer in einem Pick-up muss bremsen, weil vor ihm drei Jungen auf die Straße rennen. Er hupt wütend und winkt mit dieser unnachahmlichen Fülle an Mimik und Gestik, die den griechischen Inselbewohnern eigen ist.

Wir machen einige Aufnahmen aus der Ferne. Es ist immer schwer einzuschätzen, wie die Menschen darauf reagieren, gefilmt zu werden. Besonders die Männer sind im Allgemeinen nicht sehr erbaut darüber, wenn man ihre Frauen filmt. Doch hier winken die Flüchtlinge, eine Gruppe kommt auf uns zu, einer spricht passabel Englisch.

»Woher seid ihr?«, frage ich. »Und was macht ihr hier?«

»Afghanistan«, sagt der junge Mann und dass sie geflohen sind vor den Taliban und vor der Armut. Drei Wochen dauerte es, die letzte Etappe sei die schwerste gewesen, von der Türkei hier herüber, in diesem winzigen Schlauchboot. Einer habe gelenkt, ein Afghane, dafür hätte er die Fahrt gratis bekommen, die sonst 1000 Dollar kosten würde. Der Fahrer habe vorher noch nie das Meer gesehen, geschweige denn ein Boot gelenkt. Sie seien gekentert kurz vor der Küste und fast gestorben, das Wasser war eisig.

Er strahlt, während er das erzählt. Weil er hier ist. Und nicht irgendwo da draußen auf dem Meer geblieben ist. Doch in seinen Augen glüht das Erlebte wie ein nicht zu löschendes Feuer, und es ergreift mich, selbst hier, in diesem gleißenden Sonnenlicht. Drüben schaukeln vier blaue Barkassen, daneben wartet ein Glasboot auf Fahrgäste, die nicht kommen, der Besitzer bietet Kurztrips in die Türkei an. Seine Freunde stehen neben ihm und nicken, als verstünden sie jedes Wort.

»Wie geht das jetzt weiter? Worauf wartet ihr?«

Er zeigt auf den Container hinter dem unüberwindbaren Zaun zur Hafenpolizei.

»Warten«, stammelt er. Sie müssen ewig warten. Auf ihre Registrierung, dann auf ein Stück Papier, die Erlaubnis, aufs Festland überzusetzen, mit der Fähre. Es kommen täglich nur 500 Leute hinüber, aber sie sind so viele mehr auf der Insel, sagt er.

»Wie viele?«, frage ich.

Er schüttelt den Kopf. Keine Ahnung. Nur, dass es Wochen, Monate dauern könnte, bis sie mitgenommen würden. Ich habe keine Ahnung, wie viele hier sind. Wüsste ich es, wüsste ich auch, dass es Jahre dauern wird.

»Wo wollt ihr hin?«, frage ich ihn.

»Almanya«, sagt er nach nicht mal einer Sekunde. »Almanya«, wiederholt er, es ist wie ein Mantra. Ich habe das noch nie so deutlich gehört, normalerweise wollen alle Flüchtlinge nach England oder Schweden, doch hier scheint es anders zu sein. Denn auf einmal fangen mehr Männer an, »Almanya« zu rufen, es ist bald wie auf einer Demonstration, immer wieder dieser Name, Almanya, Deutschland, alle zusammen lachen, jetzt kann ich erkennen, dass dem Kleinsten, dem Jüngsten, dessen dunkle Haare wild in alle Richtungen stehen, die oberen Schneidezähne fehlen.

Der Mann holt sein Smartphone aus der Plastiktüte, in die es fest verschnürt ist, es ist das wichtigste Instrument hier, Kontaktbörse, Fotoalbum, auf dem Meer Lebensretter. Und dann drückt er auf den Browser, und unter den Favoriten hat er einen Artikel auf Farsi, über Almanya, Deutschland, ich verstehe kein Wort, aber ich erkenne sie, die Chefin im roten Blazer, lachend, einladend.

»Merkel gut«, sagt er, und noch mal: »Merkel gut.«

Er strahlt mich an, lacht, fragt: »Kannst du uns mitnehmen?«

Ich muss mitlachen, drehe mich zu Ruben um, der die ganze Zeit draufgehalten hat auf die Szene, die längst eine vertraute Unterhaltung geworden ist.

»Ich glaube nicht, dass das geht. Viel Glück, Jungs.«

Sie strahlen, als wären sie schon auf der Fähre, auf der Straße, im Zug, kurz vor Heidelberg. Doch sie sind hier, im Hafen von Mytilini. Und von Deutschland trennen sie 4000 Kilometer, das Mittelmeer, doch vorher noch für sehr lange Zeit dieser weiße Zaun, vor dem sie warten.

# Über Mytilini

## 2015

In der Nacht wache ich schweißnass auf. Agápis Bild verschwindet und wird ersetzt durch das blaue Flimmern im ansonsten dunklen Zimmer. Ich habe vergessen, den Fernseher auszuschalten. France24 zeigt Beschuss irgendwo im Norden Syriens. Es ist drei Uhr nachts.

Vor einer Traumstunde habe ich mit Agápi geschlafen, ich habe gespürt, wie sie mich berührt und wie ich sie küsse, ich bilde mir ein, sie riechen zu können. Ich fange an zu beten, weil ich sonst glaube, nie wieder atmen zu können, ich bete, noch einmal die raue Stelle an ihrem Rücken streicheln zu dürfen. Aber die Dunkelheit vor dem Fenster macht mir dieselbe Angst wie immer. Ich weiß, dass es nicht sein wird.

Im Zimmer nur noch die Überreste des Abends, es riecht nach Tsatsiki und Oregano, zwei leere Dosen Fix-Bier stehen auf dem Nachttisch, ich habe einen faden Geschmack im Mund.

Ich erinnere mich an den Traum, das passiert mir selten genug, also muss er schlimm sein: Ich renne schreiend hinter ihrem VW-Bus her, als sie eingestiegen ist, ihr Blick nichts mehr als Gleichgültigkeit.

Zwei Monate ist sie jetzt hier. Ich würde ihr gerne schreiben. Ich sehe auf das Handy. Drei Uhr. Ich verbiete es mir, das Träumen, das Schreiben und sie. Der Morgen wird Klarheit bringen.

In Wahrheit habe ich Angst. Lieber träume ich schlecht von ihr, als zu erfahren, dass es ihr völlig egal ist. So bleibt wenigstens die Hoffnung, sie könne mir verzeihen. In Athen im Sofitel am Flughafen, in der Nacht, in der wir auf den Weiterflug nach Lesbos warten mussten, hatte ich mich mehrfach suchend umgeschaut. Wie kam ich nur auf die blöde Idee, sie könnte ausgerechnet hier sein in dieser beschissenen Hotelbar.

Ich trank an der gesichtslosen Theke drei Bier, *Mythos* natürlich, und versuchte, darin ein Zeichen zu sehen, ein Zeichen, dass ich ihr ganz nah bin. Ich suchte sie auf Facebook, fand sie, doch ich war im Netzwerk nicht ihr Freund, und so war da nur ihr Profilbild zu sehen, sie von hinten, an einem griechischen Strand, die Hände nach hinten ausgestreckt. So, als wolle sie nach mir greifen. So, als könnte ich sie greifen. Nach wem griff sie wohl?

Nach Aris?

Ich traute mich nicht, ihr zu schreiben. Jetzt hier im schicken Boutiquehotel bereue ich es. Ich beruhige mich nur langsam, lasse das Licht gelöscht und tippe im Handy herum, suche nach guten Stellen für die Bootsanlandungen. Die meisten Flüchtlinge kommen im Morgengrauen, deshalb sind wir um sechs an der Rezeption verabredet. Nicht mal mehr zwei Stunden. Ich bin todmüde.

Das tonlose Flimmern von Bomben und Feuer lenkt mich ab, irgendwann kommt das Weltwetter, bei den Temperaturen in Larnaka schlafe ich ein.

Als ich aufwache, ist es halb sieben, den Wecker habe ich überhört, dafür zwitschert irgendein riesiger Vogel vor meinem Fenster.

Ruben steht vorm Hotel, hält einen Kaffee in der Hand und raucht.

»Hoffentlich sind wir nicht zu spät«, sagt er.

Wir rasen durch die menschenleere Altstadt. Am Hafen liegen sie, auf Decken oder den nackten Steinen, Mütter mit kleinen Kindern, daneben die Männer, sie wärmen sich, zwei Kinder schlafen im Sitzen an eine Mauer des *Blue Sea* gelehnt.

»Brauchst du das?«, fragt Ruben und will zur Kamera greifen.

»Später«, sage ich, und wir jagen am Kai entlang, aus der Stadt hinaus auf der Straße in Richtung Flughafen.

Links ist das Meer, da hinten sind die Umrisse der Türkei zu erkennen, welche Stadt war das gleich? Ach ja, Dikili, und darüber und darunter sind auch welche. Dort warten die Menschen auf eine ruhige See. Und wenn sie nicht ruhig ist, sie aber die Schlepper bezahlt haben, dann fahren sie dennoch los.

Es scheint so nah, dieses Land dort drüben im Nebel, es ist trotz des Dunstes zu sehen, das Lichterblinken – genauso nah, wie ihnen dort drüben Griechenland erscheinen muss, Europa, gesegnet.

Das Meer ist wirklich spiegelglatt, der Wetterbericht hatte es angezeigt. Ich hatte gehofft, ein Schlauchboot ausmachen zu können. Aber es ist unmöglich, das Wasser ist einfach zu weit und zu groß, ein kleiner Flecken dort draußen kann alles sein, eine winzige Welle, ein Vogel, ein Schlauchboot mit 50 Mann. Wie machen das die Helfer bloß?

Am Flughafen vorbei wird die Straße enger, das Meer kommt näher an den Fahrbahnrand, plötzlich winkt Ruben.

»Halt dort«, ruft er, ich reiße das Lenkrad nach links, und der Wagen holpert auf den schmalen Randstreifen vor dem Abhang zum Strand. Ich erkenne, was Ruben erblickt hat.

Da unten liegen Dutzende Boote am Strand, graues Gummi, Schlauchboote, so einfach, als warteten sie auf dem Liepnitzsee auf einen warmen Tag.

Sie sind nicht sehr groß, eine europäische Großfamilie hätte darauf Platz für einen Wochenendausflug. Hier waren sicher 20 Menschen drauf. Alle diese Boote, die im Abstand von zehn Metern liegen, haben eines gemeinsam: Ich fasse durch das Gummi entlang der Einstichstellen, sie wurden aufgeschlitzt, systematisch, an vielen Stellen entlang der Bootswand.

Ich habe davon gelesen. Die Flüchtlinge schlitzen, kaum ist Land in Sicht, die Boote auf, damit die griechische Küstenwache sie nicht in Schlepp nehmen und in die Türkei zurückbringen kann. Stattdessen bringen die Menschen die Boote zum Kentern, so müssen sie gerettet werden. Doch auch 200 Meter vor dem Ufer ist das Meer tief, und die Syrer, Afghanen, Pakistani, sie können nicht schwimmen, die meisten von ihnen haben es nie gelernt.

Der Gedanke graust mich, genau wie die zurückgelassenen Berge in orangefarbenem Neon, die neben den Booten liegen. Schwimmwesten, Hunderte sind es, alle von *Yamaha*, wie der Aufdruck hinten auf den Westen besagt. Ich zähle die neben meinem Boot durch. Nein, es waren nicht 20, es waren 48 Menschen. Zumindest die, die es hierhergeschafft haben. Sieben Westen sind kleiner als die anderen, die Schlepper haben extra Kinderwesten angeschafft. Ruben macht noch eine Totale, dann steigen wir wieder ein. Ich kann immer noch kein Boot ausmachen. Aber es ist unmöglich, bei diesem guten Wetter kann es nicht sein, dass sie es nicht versuchen.

In der Ferne höre ich einen starken Motor, eine Minute später schießt ein Land Rover Defender vorbei, ich kann den

Fahrer erkennen, einen braungebrannten Blonden und eine blonde Frau neben ihm, eher noch ein Mädchen, auch hinten sitzen junge Leute, auf der Ladefläche liegt ein aufgeblasenes Schlauchboot.

Helfer, durchfährt es mich, freiwillige Helfer. Ich trete das Gaspedal durch, dass die Kiesel unter dem Hyundai anfangen zu fliegen, ich biege auf die Straße ein und hinterlasse eine Staubwolke auf dem Strand.

Es dauert nicht lange, vielleicht drei Minuten, vier Kilometer, dann ist vor mir eine neue Staubwolke, die Helfer sind abgebogen, wieder auf einen Kiesweg, der an dieser Stelle breiter ist, ein Parkplatz mit kleinen Bäumen, wir halten an, Ruben springt aus dem Wagen und nimmt seine Kamera aus dem Fond. Ich richte meine Frisur im Spiegel, sicher werde ich gleich meine frischen Eindrücke in die Kamera sprechen.

Der Blick hinaus, da ist es wirklich, ein Punkt nur am Horizont, aber er kommt rasch näher, ein Boot, jetzt sind sie zu erkennen, die Menschen, dicht gedrängt sitzen sie auf den luftgefüllten Rändern, die Helfer stehen am Ufer, sie winken, aus dem Boot winken sie zurück. Keine Küstenwache weit und breit.

Die Helfer tragen Neoprenanzüge, die Ersten gehen ins Wasser, mir fällt wieder das blonde Mädchen auf, das im Schlepptau des muskelbepackten Fahrers voraus ins Wasser geht. Sie ist gertenschlank und ihr Gesicht vor Aufregung gerötet.

Das Flüchtlingsboot kommt rasch näher, kurz vorm Ufer springen die Menschen ins Wasser. Frauen halten ihre Kinder hoch, eine hat ein Baby dabei, das noch an ihrer Brust angedockt ist. Drei junge Männer sind die Ersten an Land, sie rennen in die Aludecken der Helfer und sinken zu Boden. Dann erst nimmt das blonde Mädchen die Mutter und ihr Baby mit und führt die beiden an den Strand, gibt ihnen eine Decke, wickelt sie ein, holt Wasser für die Frau, die aus der Plastikflasche hektisch zu trinken beginnt.

Einige sind noch im tiefen Wasser von Bord gesprungen, sie schlagen wild mit den Armen, die Helfer rufen: »*Calm, calm!*«, und winken die Menschen zu sich, der Surfertyp schwimmt hinaus und schafft es, eine Frau zu greifen und an Land zu ziehen.

Es sind bestimmt 50 Menschen, vielleicht sogar mehr, und nach ein paar Minuten stehen sie alle an dem schmalen Strand, in Rettungsdecken gewickelt, trinken Wasser, nehmen von den Broten, die jungen Männer zeigen Victory-Zeichen in Rubens Kamera, und eine Frau liegt erschöpft am Boden und weint.

Ich gehe zu ihr und frage, woher sie kommt, aber sie antwortet nicht, sie weint hemmungslos, da kommt einer der Männer und winkt mich zu sich und seinen Freunden, noch in seiner Rettungsdecke, und Ruben zoomt heran, und ich halte ihnen das Mikrofon vor die Nase.

»*Germany, we go to Germany*«, sagen sie, und ich frage mich, ob sie wissen, woher wir stammen, doch ich weiß, wie irre diese Idee ist, natürlich wissen sie das nicht. Es war nur der Gedanke, der sie auf ihrer Flucht am Leben hielt: erst in die Türkei, dann nach Europa. Und dann Germany. Das gelobte Land.

Und ich beginne mich zu fragen, ob hier in diesem Moment auf diesem schmalen Eiland eine neue Zeit beginnt, eine Zeit, in der die Menschen daheim anfangen müssen, sich dafür zu interessieren, woher die Menschen in Not kommen und wohin sie wollen – und dass sie nicht wie bisher all die Flucht auf der Welt weiter ausblenden können. Es geht nun nicht mehr, so scheint es, auch wenn das Mitte 2015 noch nicht klar ist. Doch jetzt wird es langsam klar:

Sie kommen. Zu diesem Zeitpunkt ist es nur ein vages Gefühl. Später weiß ich, dass es Instinkt, Reporterglück war.

Das blonde Mädchen kommt angelaufen und stellt sich zwischen die Kameras und die Jungen.

»Hey, was macht ihr?«, fragt sie auf Englisch. »Lasst doch die Leute erst mal ankommen.«

Sie hat einen süßen Akzent, irgendwie elegant, sicher ist sie aus dem Norden.

»Sie wollten interviewt werden«, gebe ich zurück.

»Wirklich?«

Sie schaut mich fragend an.

»Klar, sonst würden wir ja nicht ...«

Eine alte Dame in der Kluft der Hilfsorganisation unterbricht uns.

»Lass die Männer filmen, Leia, wir brauchen die Werbung«, sagt sie und bleibt neben uns stehen.

»Aber sie ...«

»Lass sie«, wiederholt sie eindrücklich und wendet sich an mich. »Wir holen sie raus: Wenn wir nicht wären, dann wären diese Menschen jetzt tot. Gehen Sie nach oben in Mytilini auf den Hügel. Sprechen Sie mit Papayiannis, dem Friedhofswärter.«

»Der Friedhofswärter. Danke für den Tipp«, sage ich. »Wie viele Boote waren es in der Nacht?«

Die Artikel der internationalen Zeitungen waren ungenau, ich bin froh, endlich mit einer Augenzeugin sprechen zu können.

»Wir haben von gestern Abend bis heute Morgen 2260 Menschen gezählt. Mit diesem Boot sind es über 2300.«

»Was?!« Meine Stimme entgleitet, als stünde ich nicht

mehr vor der Kamera, als würde Ruben nicht mehr filmen, als wäre ich einer von denen, die denken, die Not sei weit weg.

»Reden wir von ganz Griechenland?«, frage ich.

»Nein, wir reden von Lesbos. Von dieser Insel. Es sind seit einer Woche so viele, jede Nacht. Die Insel ist voll.«

Ich rechne nach. 2000 Menschen pro Tag macht bei einer Woche 14 000 Menschen. Lesbos hat 80 000 Einwohner. Also wird die Insel innerhalb eines Monats ihre Einwohnerzahl verdoppelt haben.

»Wie viele gehen weiter aufs Festland?«, frage ich.

»Vielleicht 500, an einem guten Tag auch schon mal 1000. Aber es gibt keine guten Tage mehr. Die Krise hat extrem zugeschlagen. Dazu die ganzen Streiks. Gestern fuhr die Fähre gar nicht.«

»Wo bringen Sie all die Menschen denn hin?«

»Fahren Sie erst auf den Friedhof und dann nach Moria. Dort ist das Camp. Und unser Camp ist in Molyvos im Norden. Dort kommen noch mehr Menschen an, die Türkei ist von da aus näher. Kommt vorbei, wir können heute Abend in Ruhe reden, am Hafen. Mein Name ist Irina.«

Sie lächelt und wendet sich wieder den Frauen mit den größeren Kindern zu, während mich Leia, das blonde Mädchen, immer noch wütend anblitzt.

Ruben schlägt mir auf die Schulter. Ich halte mir die Hand vor die Stirn, um die Sonne abzuhalten. Richtig, da hinten kommt ein neues Boot.

# Helfer und Opfer

## 2015

Ich möchte Moria wieder vergessen. Diese Hölle aus Zäunen, Stacheldraht und weißen Containern, Baracken eher, vollgepfercht, und dass wir hier drehen dürfen, ist bloß Zufall, weil sie uns einfach übersehen in einem Moment des Chaos.

Es ist nicht so, dass sie die Flüchtlinge hier einsperren, sie haben es versucht, aber es sind zu viele. Die drinnen haben wenigstens ein Klo, um sich zu erleichtern. Draußen aber gehen die Zelte weiter, ein Meer aus bunten Zelten, die eigentlich bei *Decathlon* im Regal liegen, damit griechische Familien einen Campingurlaub machen können. Hier sind sie die Herberge für syrische Familien, über zig Hektar stehen sie an den Hängen des Lagers, haben sich ausgebreitet über die Felder der Bauern, die längst dazu übergegangen sind, beim Bürgermeister von Lesbos um Schadensersatz zu betteln, da machen sie mehr Gewinn, als wenn sie mies bezahltes Olivenöl herstellen.

Von Mytilini waren wir eine Viertelstunde gefahren, immer bergauf, bis wir hier ankamen. Sie haben ihnen nicht mal den Blick aufs Meer gelassen als Hoffnung darauf, dass sie irgendwann wieder von hier wegkommen werden. Stattdessen ein Blick auf die Hügel, auf die Olivenbäume, auf den

Unrat, den 10 000 Menschen hinterlassen, wenn sie einmal stranden.

Die junge Ärztin schüttelt den Kopf.

»Fragen Sie nicht, was es hier an Krankheiten gibt. Fragen Sie lieber, welche es nicht gibt.«

Die Babys unterernährt, weil sie zu viel Salzwasser geschluckt haben auf ihrer Flucht und nun nichts mehr zu sich nehmen, falls die Mütter überhaupt noch Milch haben. Die Frauen misshandelt, die Männer haben schlecht versorgte Schusswunden aus Syrien mitgebracht. Nachts wachen sie auf und schreien um ihr Leben, erzählt die junge Ärztin.

»Das Schlimmste ist, dass wir zwei Psychotherapeuten haben und 200 bräuchten. Sie sind alle traumatisiert. Alle.«

Sie sagt es und wirkt, als würde sie selbst dringend Hilfe brauchen, wie sie da steht und hinunter auf die Container und die Zelte schaut, in denen die Menschen auf einen Termin bei ihr warten.

»Und es wird nicht besser, wenn sie von hier weiterziehen können, eines fernen Tages. Die Schlepper in Mazedonien sind dafür bekannt, wahllos Frauen zu vergewaltigen. Aber soll ich den Frauen das erzählen? Sie würden die Schultern zucken und weiterziehen.«

Gerade führt eine Mutter ihr kleines Mädchen vorbei, sie ist übersät mit roten Pusteln.

»Verbrennungen«, sagt die Ärztin, »durch die Sonne, sie saßen beinahe fünf Stunden auf dem Boot, und dann mussten sie ewig über die Insel laufen. Von Molyvos sind es 45 Kilometer.«

»Und die müssen sie zu Fuß laufen?«

Sie nickt und klopft mir auf die Schulter.

»*Welcome to Lesbos*«, sagt sie und: »Ich muss rein.«

Wir streunen noch ein bisschen übers Gelände, bis sie uns

zu viel wird, diese organisierte Trostlosigkeit. Ich denke an meinen Arbeitsauftrag: Wir müssen noch deutsche Touristen finden, die ihren Urlaub an den Stränden verbringen, an denen die Boote anlanden. Denn zu drastisch, zu schockierend, zu schmutzig dürfen diese Reportagen über Flüchtlinge nicht sein.

Ich kann da noch nicht ahnen, dass alles bisher Gesehene sowieso bald über den Haufen geworfen wird, wenn Hunderttausende auf ungarischen Straßen zu Fuß in Richtung Deutschland unterwegs sind, wenn der Budapester Bahnhof zum Lager wird, wenn Soldaten mit Tränengas auf Flüchtlinge schießen und die sich mit Stöcken und Steinen wehren irgendwo auf dem Balkan.

All das ist noch nicht geschehen, noch ist das Undenkbare weit weg, obwohl das hier undenkbar genug ist. Mitten in Europa ein solches Lager.

Ich setze mich wieder ans Steuer, und wir fahren hinaus aus Moria. Die Griechen haben das Lager nur notdürftig vergrößert, als sie spürten, dass die Geographie alleine sie zum neuen Hotspot gemacht hat. Nur weil ihre Inseln der Vorposten des gelobten Kontinents sind. Inmitten der größten Wirtschaftskrise des Landes.

Die enge Landstraße windet sich in die Höhe vorbei an Militärbaracken, die Panzer und Armeejeeps stehen in Reih und Glied. Dafür ist noch Geld da, über allem schwebt die Angst, die Türken würden bald mal in semifreundlicher Absicht vorbeischauen.

Wir fahren durch einen dunklen Wald und dann eine lange gerade Straße entlang immer weiter in den Norden. Irgendwann geht es los, sie kommen uns entgegen in Kolonnen, die Männer und Frauen, die am Morgen mit dem Boot im Norden angelegt haben, jetzt sind sie auf dem Weg nach Mytilini zum weißen Zaun, um sich registrieren zu lassen. Wirklich, sie gehen zu Fuß durch die sengende Hitze, ein Mann trägt seinen kleinen Jungen auf den Schultern, sie alle schwitzen, woher nehmen sie auch noch diese Kraft, der LKW-Fahrer, der uns entgegenkommt, hupt wütend, weil sie auf der Fahrbahn laufen. Seine Ladefläche ist leer.

Ich halte an und verteile die fünf Flaschen Wasser, die ich am Morgen im Supermarkt gekauft habe, an zwei Familien, eine behalte ich für uns.

Dann weiter den Berg hinauf, irgendwann diese Taverne, die ich nie wieder vergessen werde. Weil der Blick von der Terrasse hinuntergeht aufs Meer und alles hier aussieht wie in den Filmen, die von der griechischen Seele erzählen.

Die Tische auf der Terrasse, genau vor der Brüstung, dazu die blau-weißen Tischdecken. Der ausladende Olivenbaum, der rote Oleander in voller Blüte, der Wirt, der unsere Kamera zwar sieht, aber zu stolz ist nachzufragen.

Dafür bringt er schnell zwei Flaschen kaltes *Mythos*-Bier, Brot und Öl und Oliven – das ist mir lieber als lange Gespräche über unsere Arbeit. Wir sitzen und schauen hinunter zum Meer, dort liegen Petra, Eftalou und Molyvos, Touristenträume, früher, heute sind es die Orte, an denen die meisten Flüchtlinge ankommen. Von hier aus ist auch die Türkei zu sehen, die Umrisse ihrer Berge sind heute sogar sehr klar, es sind keine acht Kilometer nach Babakale.

Unser Souvlaki kommt, und ich kann schon in diesem Moment sagen, dass ich noch nie etwas Intensiveres gegessen habe. Die dunklen Röstnoten vom Holzkohlefeuer, die Mischung aus Olivenöl, Zitronensaft und Oregano, das zarte Schweinefleisch mit dem saftigen Fett, dazu die Pommes, die nur hier diese Textur von mehligen Kartoffeln und leicht verbrannter Kruste haben. Ich werde mich später sehr genau an diesen Moment erinnern, an dieses Gericht, in seiner Einfachheit, ausgerechnet hier inmitten all dieses Wahnsinns. Wir sind natürlich die einzigen Gäste an diesem Mittag.

Es geht steil bergab auf dieser Bergstraße hinunter zum Strand, deshalb schwitzen die Menschen, die den Berg aus dieser Richtung hinauflaufen, ganz besonders. Sie sind langsam, brauchen eine Pause.

Unser Wirt, er heißt Dimitris, wie ich später erfahre, geht ihnen entgegen, er hält ein Brot in der Hand und kleine Flaschen mit Wasser. Sie reißen ihm alles aus den Händen und er zuckt nur mit den Schultern, dreht sich um und geht zurück, doch von weiter unten sind schon die Nächsten zu hören.

»War es gut?«, fragt er. Wir nicken, zu überwältigt von diesem Ausblick und dem schlechten Gewissen, hier zu sitzen und zu genießen, dieses einfache Mahl und die Menschen, die schweißüberströmt vorbeilaufen, alles gleichzeitig, die Welt in einer Nussschale. Ich glaube, das Bier hat mich sentimental gemacht.

Wir kommen ins Gespräch, er ist jung, Anfang 30 vielleicht, die Taverne gehört seinem Vater und ihm, aber der alte Mann sitzt nur noch drinnen am Ofen, selbst jetzt im Sommer. Nein, die Geschäfte laufen schlecht. Kaum Touristen dieses Jahr.

»Die Deutschen kommen noch, die haben noch nichts mitgekriegt, aber die Briten haben fast alle storniert. Und die Holländer«, sagt er. »Sie wollen nicht neben den Flüchtlingen am Strand liegen.«

Jeden Tag, erzählt er, nachdem er sich ein *Mythos* geholt und sich neben uns gesetzt hat, kämen Tausende den Berg rauf.

»Die Regierung in Athen hat uns vergessen. Die Menschen kommen per Boot in Molyvos an, aber niemand denkt daran, wie sie zur Registrierung nach Mytilini kommen sollen. Oder die Politiker wissen um den langen Weg und lassen die Menschen extra laufen, damit es länger dauert, bis sie aufs Festland gelangen. Wer weiß ...«

Er tue, was er könne, gebe ihnen alles Essen, was er habe, auch das Wasser.

Manche Flüchtlinge bezahlen ihn dafür, manche der Syrer haben noch Geld, sie haben nicht alles für die Schleuser ausgegeben. Die Afghanen aber, die Pakistani, sie haben nichts. Und trotzdem würde er geben und geben, er müsse aber auch aufpassen, schließlich hätte er ja die Touristen nicht mehr, die seine Verluste ausgleichen, er werde bald Vater. Er brauche Geld.

Ein mutiger Mann, hier am Arsch der Welt.

Wir sehen eine Großfamilie mit kleinen Kindern den Berg hinaufkommen, er rennt los, um Wasser und Pitabrot zu holen, ich lege 50 Euro unter den Aschenbecher auf dem Tisch, wir gehen zum Auto.

Dimitris winkt, als wir wegfahren. Wir werden uns noch oft wiedersehen, aber das wissen wir beide zu diesem Zeitpunkt noch nicht.

# Von Grabow nach Schwerin

Ich fühle neue Kraft, so etwas wie ungeahnte Energie. Vielleicht pfeife ich sogar, am Morgen, als der Tau noch auf den Pflanzen liegt.

Ich habe Jan beobachtet, wie er sich mit dem kalten Wasser aus dem Brunnen wäscht. Es war eine angenehme Nacht, wenn es das gibt in diesen Tagen. Gestern standen wir vorm Haus des Ortsbauernführers. Das große Schild weist darauf hin, wie bedeutend der Mann ist, der hier wohnt. Nun ist auch er im Krieg, seine Bedeutung hat er mitgenommen. Sie haben alle eingezogen, die noch irgendwie kämpfen können.

Seine Frau ist hiergeblieben mit den beiden Kindern. Sie haben Kühe, die stehen hinterm Haus auf der Weide, dort ist auch die Scheune, die sie uns zum Schlafen angeboten hat.

Am Abend kommt sie zu uns. »Ich habe nicht viel, aber es sind noch ein paar Kartoffeln da«, sagt sie in ihrem norddeutschen Dialekt, sie sieht herb aus und ausgezehrt. »Kommt in die Küche«, fährt sie fort. Als wir dort in der Wärme stehen, kocht sie uns Kartoffeln, und wir essen sie gemeinsam an ihrem Tisch.

Wir reden kaum, wir essen langsam, genießen den Geschmack der puren Kartoffeln, die für uns ein Festmahl sind.

Die Wanderung an diesem Tag ist lang, über dreißig Kilometer. Jan zieht unseren Wagen die meiste Zeit. Wir sind auf freiem Feld, als wir die Kirchtürme von Schwerin erblicken. Schemen in der untergehenden Sonne. Wir können es noch in die Stadt schaffen, dort sind wir in Sicherheit.

Das Pferd sehen wir erst, da ist es schon zu spät, wir können uns nicht verstecken. Der Reiter kommt direkt auf uns zu, er galoppiert. Wir sehen seinen Säbel, die Mütze, wir erkennen, dass er ein Russe ist.

»*Dawai!*«, brüllt er, »*dawai!*« Wir senken unsere Köpfe.

»Nach Hause«, ruft er, »nicht in die Stadt.«

Wir haben keinen Zweifel, dass er es ernst meint. Unsere Reise endet hier. Nur ein Reiter. Die ganze Flucht war umsonst. Sie haben uns eingeholt.

# Captain's Table

## 2015

Wie sie im Leben ist, so ist sie auch jetzt, Leia, jetzt, wo sie nackt ist und auf mir sitzt, sie will nie die Kontrolle abgeben, wir haben angefangen, miteinander zu schlafen, ich war auf ihr, aber sie hat mich sofort von sich heruntergerollt und sich über mich geschwungen. Wahrscheinlich sind wir uns darin gar nicht so unähnlich. Sie, weil sie die Kontrolle nicht abgeben will, ich, weil ich es nicht kann. Ihr schmaler Oberkörper biegt sich zurück, sie hat ganz helle Haut, ich frage mich, ob sie nie an den Strand geht und sich sonnt, sie arbeitet wohl die ganze Zeit, denke ich.

Wir sind im gleichen Rhythmus, es ist kein Liebemachen, es fühlt sich eher so an, als legten wir beide ein Tempo vor, um irgendwas wegzuficken.

Und dann gibt es immer wieder diese kurzen Momente, in denen sie denselben Blick hat wie heute Morgen am Strand, als das Boot anlandete und sie mich abwehrte. Sie sieht mich dann an von da oben, und ihr Haar fällt auf ihre Schultern, als wäre sie immer noch ungemein misstrauisch. Vielleicht ist sie auch wütend auf sich selbst, dass sie ausgerechnet mich mitgenommen hat.

Ihr Zelt steht sehr nah an den anderen, so wie alles hier

eng und provisorisch ist, sodass sie mir immer wieder den Mund zuhält, wenn ich zu laut bin. Sie kann sich dann nicht entscheiden, ob sie kichern soll oder böse schauen.

Ich glaube, dass sie in Serge verknallt ist, den Surfertyp, der am Morgen den Jeep gefahren hat. Er ist mindestens doppelt so alt wie sie. Sie hat vorhin im Restaurant immer ihn angesehen, als er seine langen Monologe hielt, ein Mann wie ein Ritter, ein Robin Hood der Migration, sicher will sie nicht, dass er weiß, was sie treibt.

Am Nachmittag waren keine Boote mehr angekommen, so waren wir am Hafen, an der kleinen Mole, an der die Boote von Frontex liegen, der EU-Flüchtlingsorganisation. Ich musste herzhaft lachen, ich war gerade erst in dem Frontex-Hochhaus in Warschau gewesen, einem riesigen Glaspalast, wo sie mächtig viel auf sich hielten mit ihrer Manpower und ihren Möglichkeiten. Wie sie dort schwärmten, die Sesselfurzer, von ihrem Potenzial zum Schutz der EU-Außengrenzen. Hier am Hafen ist das Potenzial eher ein verborgenes: Es sind zwei winzige Boote, Nussschalen gleichermaßen, von der portugiesischen und der norwegischen Marine. Sie fahren für Frontex Wache auf dem Mittelmeer, aber im Ernstfall, erzählt der Norweger, müssen sie die Griechen um Hilfe bitten, weil auf diese zwei Boote nicht mal 20 Schiffbrüchige passen. Der Ernstfall geschieht hier jede Nacht ein Dutzend Mal.

Ruben dreht die Boote, den Hafen, wir sprechen mit Touristen. Anschließend beginnt der griechische Abend. Das heißt: Ouzo aus Plomari, *Alpha*-Bier und kleine Häppchen vor der Taverne, die *Captain's Table* heißt, genau an der Mole. Hier ist es wie in einem Reisekatalog der griechischen Inseln. Kleine Fischerboote, lauschige Häuschen von Efeu berankt. Tintenfischtentakel hängen an Leinen zum Trocknen.

Irgendwann kommt die alte Frau von der Hilfsorganisation, die uns eingeladen hat, dann folgen Leia, Serge und die anderen. Junge Leute aus allen Ländern Europas, die Gesichter ganz rot von der Aufregung des Tages, voller Stolz darauf, was sie alles geleistet hatten, die Geschichten übertrumpfen sich gegenseitig, es ist Heldenepos und große Geste.

Sie rühmen sich damit, wer mehr Menschen aus dem Wasser gezogen hat. Babys retten ist die Königsklasse im Helferwesen. Sie prahlen, wie sie den Griechen schon wieder ein Schnippchen geschlagen haben, als sie mit ihren zwei kleinen Schlauchbooten das Polizeiboot der griechischen Marine abdrängten. Wie gefährlich das gewesen sei. Wie doof die Küstenwache doch sei, Mörder seien das. Ich habe vorher gelesen, dass den Griechen der Ansturm der Helfer große Sorgen macht. Sie versuchen mit ihren geringen Mitteln, so viele Menschen wie möglich zu retten, aber auch zu registrieren und polizeilich zu überprüfen, weil die Deutschen das so vorgeben. Doch die Helfer wollten das nicht, sodass es einen regelrechten Kampf gebe. Ein griechischer Offizier hatte über den Leichtsinn der Ausländer nur den Kopf geschüttelt: Sie würden weder das gefährliche Mittelmeer kennen hier in dieser Gegend mit den vielen Sandbänken und Untiefen, noch hätten sie eine Ahnung davon, wie viele Menschen dieses kleine Eiland verträgt, wenn man das ganze Chaos nicht irgendwie ordnet.

Wenn ich den Jungs und Mädels hier am Tisch Glauben schenke, dann sind die Griechen nur Asylhasser und Spießer ohne Mumm. Ich denke an Dimitris, der den Flüchtlingen sein letztes Hemd gibt.

Leia lauscht all den Ruhmestaten. Dabei legt sie immer wieder den Kopf schief und lächelt, als habe sie schon jede dieser Storys gehört und kann den Münchhausen-Grad darin fein säuberlich abmessen. Das mag ich.

Ich bemühe mich daraufhin nachhaltig um sie, gieße ihr eifrig Wein nach und ignoriere die sehnenden Blicke, die sie Serge zuwirft. Irgendwann vermag ich es, mich neben sie zu setzen, und sie lächelt, als hätte sie es erwartet.

Wir sprechen über unsere Arbeit. Sie fragt nach, als ich von Melilla erzähle, dem riesigen Zaun in Nordafrika. Und von Beirut, dem großen Flüchtlingslager, von dem in Europa niemand etwas wissen will.

Sie fasst Vertrauen, erzählt mir von ihrem privilegierten Leben als Unternehmertochter in Schweden und davon, wie sie sich endlich mal spüren wollte. Und davon, dass sie die anderen jungen Helfer komisch finde, sie seien geradezu verbissen, sie fühle sich oft allein.

Als Irina anbietet, uns doch bei Nacht noch das Übergangslager zu zeigen, in dem die Flüchtlinge Zelt an Zelt mit den Helfern wohnen, stimme ich zu. Ruben rümpft die Nase, er will Feierabend machen.

»Fünf Bilder«, sage ich, »dann ist Schluss. Versprochen. Dann kannst du ins Hotel.«

»Und du?«, fragt er.

»Mal sehen«, sage ich.

Wir fahren vom Meer ein Stück hinauf, fünf, sechs Minuten. Auf einer Lichtung stehen Hunderte Zelte, daneben ein kleiner Holzturm Marke Eigenbau, zwei Männer mit Feldstechern obendrauf, sie rauchen.

»Sie halten Ausschau nach neuen Booten«, erklärt Irina.

Die meisten Flüchtlinge sind schon in den Zelten. Nur eine kleine Gruppe sitzt noch zusammen mit Helfern an einem Lagerfeuer, junge Leute, vielleicht fünfzehn an der Zahl.

Ruben dreht einige Bilder, die Zelte, die Toiletten, der Blick aufs Meer, das nur noch als dunkle glatte Fläche zu erahnen ist, dort hinten glitzern die Lichter der Türkei.

Leia hat begonnen, sich im Gehen an mich zu schmiegen, ich glaube, sie weiß, dass das mit Serge ein Irrweg ist, aber sie ist seit sechs Monaten hier, und so ganz allein jede Nacht ist auch nichts. Irgendwann, als wir an den Zelten vorbeigehen, kneift sie mir in den Arm und zwinkert. Das ist mein Zelt, soll das heißen.

Ruben und ich verabschieden uns von Irina, mit dem Versprechen, am nächsten Tag zurückzukehren. Sie will uns noch ein Interview geben, und vielleicht können wir auch das Spendenkonto der Organisation in unserer Reportage bekanntgeben.

Ruben steigt in den Wagen, sieht meinen Blick und winkt mir zu, während er abfährt.

Ich gehe langsam zurück, ich schleiche nicht, das wäre zu auffällig. Ich gehe einfach wie einer der jungen Helfer durch das Lager. Als suchte ich mein Zelt für die Nacht.

Sie wartet schon, und als sie mich hört, zieht sie den Reißverschluss auf, und ich krabbele in Windeseile hinein. Wir sprechen nicht, sie beginnt mich zu küssen, wir ziehen uns aus, und da sind wir – bis zu diesem Moment, in dem sie auf mir zusammensinkt, ich spüre die Kühle ihres Rückens und halte sie fest, ich drücke sie richtig an mich, ich spüre, wie sehr ich Haut vermisst habe, die nicht meine eigene ist.

Nach einer Weile ziehe ich mich aus ihr zurück, und sie rollt neben mich, immer noch liegen wir auf ihrem ausgebreiteten Schlafsack.

Die Nacht ist lau, wir hören, wie die Stimmen draußen leiser werden, sich in alle Winde zerstreuen, die Runde am Lagerfeuer löst sich auf.

»Das war schön«, sage ich.

»Oh ja«, sagt sie und lacht. »Mit dem Erzfeind. Dem reaktionären Journalisten.«

»Wieso das denn?«, frage ich und versuche, entrüstet zu klingen.

»Ach, weißt du, ich bin ein wildes Mädchen.«

»Das hab ich gemerkt«, frotzle ich.

»Mein goldenes Gefängnis, so hab ich mein Elternhaus immer genannt. Mein Vater und sein Reichtum aus Holz. Die Abholzung und das alles, nicht nur in Schweden, er hatte auch Plantagen in Afrika. Das war für mich echt 'ne Katastrophe. Also hab ich getan, was das Schlimmste für ihn war. Umweltschutz und Antikapitalismus. Die Antifa in Malmö ist echt 'ne harte Szene. Ich war da mittendrin. Und die hassen alle: Politiker, das Establishment und eben auch euch. TV-Journalisten. Bah ...« Sie grinst.

»Irgendwann wollt ich nicht mehr nur mit schwarzgekleideten Jungs Bonzenkarren anstecken. Sondern wirklich was für die Welt tun. Ich hab Serge kennengelernt, auf einer Reise nach Frankreich. Dann hab ich mich seiner Gruppe angeschlossen. Das ist echt ein gutes Gefühl ...«

»Was macht ihr denn, wenn die Insel voll ist? Wenn die Griechen die Flüchtlinge nicht mehr weiterreisen lassen?«

»Die verdammten Griechen«, sagt sie, »die wollen einfach niemanden aufnehmen. Wir dagegen in Schweden ...«

»Ach, komm«, sage ich. »Klar, ihr habt viele Menschen aufgenommen. Aber schau dir doch an, wie viele hier ankommen, auf diesem winzigen Flecken. Was sollen die Menschen denn machen? Die haben doch selber nichts.«

»Wir holen so viele aus dem Wasser, wie wir können. Und dann lassen wir sie hier ausruhen, bis sie es weiterschaffen nach Mytilini. Und dann können wir nur beten, dass sie in ein reiches Land reisen können.«

»Aber meinst du, die Stimmung in Deutschland oder Schweden, die ...«

Sie unterbricht mich wütend.

»Jetzt hör aber auf. Alle diese Länder haben doch erst an-gerichtet, dass die Leute auf der Flucht sind. Mit ihren Waf-fenlieferungen an Assad, mit dem Krieg in Afghanistan, mit der sogenannten Entwicklungspolitik in Afrika. Nun sollen sie es auch ausbaden«, sagt sie und fährt fort, mir aufzusa-gen, was ich schon so oft gehört habe. Es klingt gut, und es ist einfach, aber es ist eben auch, was junge Mensch so sagen, um die Komplexität der Welt in wohlgeformte Vorurteile zu pressen. Ich ärgere mich, dass ich zu jung war, als ich zum Fernsehen kam, um derlei Dinge jemals ausgesprochen zu ha-ben. Ich glaube, ich habe die Welt zu früh verstanden – aber habe ich das wirklich?

Sie unterbricht erst, als aus unserem Nachbarzelt ein Stöh-nen dringt, dazu ein kleiner Schrei, noch einer.

Leia kichert, und auch ich muss grinsen.

Doch bevor wir weiter darüber nachdenken, verstummen die Geräusche jäh, und außer unserem Flüstern sind nur noch die Zikaden zu hören – und Stimmen, leise Stimmen in weiter Ferne.

# À la maison

Als das Fahrwerk der Maschine einfährt und die Startbahn des Flughafens aus meinem Blickfeld verschwindet, lege ich die Stirn an die Scheibe und schließe die Augen.

Drei Dinge werde ich nicht vergessen können, sie haben sich – und ich hasse dieses plumpe Wort – eingebrannt.

## EINS

Wir werden viel zu früh am Morgen von lautem Geschrei geweckt. Vor dem Zelt diskutieren aufgebracht Menschen auf Englisch, ein Mann, ich erkenne Serge, versucht die Lage in französisch-englischem Mischmasch zu klären.

*»No Police«*, ruft er immer wieder. *»No Police.«*

Ich lasse Leia herauskrabbeln und schaue durch das Vorzelt hinaus, so bin ich geschützt vor Entdeckung. Ich sehe viele Beine, höre aufgebrachte Stimmen, ich vermag es, ein wenig höher zu schauen, da sehe ich, dass zwei Mädchen ein anderes Mädchen stützen, auch Leia ist bei ihr und nimmt sie in den Arm. Doch das Mädchen wehrt sich, versucht, sich loszureißen, sinkt dann auf die Knie, die Arme vor der Brust verschränkt, ihr ganzer Körper ist Abwehr, ihr Gesicht schmerzverzerrt.

»Was ist passiert?«, fragt Leia, und es gibt ein Gemurmel und Geraune, bis sie schreit: »Was?«

»Ja«, sagt Serge, »es stimmt. Es waren wohl zwei oder drei Männer bei Linnea im Zelt. Aber wir wissen noch nicht ...«

»Du weißt was noch nicht, Serge?«, schreit Leia, und ich finde sie unglaublich, diese Energie, ihren Mut, »Was weißt du nicht? Mann, sie wurde vergewaltigt ...«

»Leia, bitte, brüll hier nicht so rum, sie saßen doch alle zusammen am Lagerfeuer gestern Abend, vielleicht hat sich da etwas ergeben, und sie sind zusammen ...«

Das blonde Mädchen sitzt immer noch zusammengekrümmt auf ihren Knien und hält sich den Bauch fest, ich kann aus dem Vorzelt ihre Augen erkennen, die leer sind und darauf hinweisen, dass sie nichts von dieser Unterhaltung mitbekommt.

»Serge, erzähl doch keinen Scheiß«, sagt Leia, »das waren Tiere, die über sie ... Sieh sie dir an, wir müssen die Polizei rufen.«

»Keine Polizei«, sagt eine dunkle Frauenstimme, und ich erkenne Irina, die dazugekommen ist. »Du weißt doch, was die griechischen Cops mit denen machen, die gehen sofort zurück in die Türkei.«

»Die müssen ins Gefängnis«, schreit Leia, »die müssen ...«

»Wir werden gleich einen Rat dazu abhalten«, sagt Irina, und dann hilft sie Linnea auf die Füße, die das einfach mit sich machen lässt, und sagt: »Komm, Mädchen, komm, wir machen dich sauber.«

Und Leia krabbelt ins Zelt und weint und ballt die Fäuste und sagt immer wieder: »Die haben sie vergewaltigt, die haben ... Dieser Schrei, der Schrei, den wir gehört haben, das war Linnea.«

Als wir abfahren, bevor der Rat der Flüchtlingshelfer zu Ende getagt hat, halten wir noch in Downtown Molyvos. Oder besser: Wir müssen halten. Weil 30 oder 40 Syrer und Afghanen auf der einzigen Zufahrtstraße ins Dorf sitzen, eine Straßensperre. Sie halten sich verschränkt an den Armen, ein Mann hält sein Kind fest vor der Brust wie einen Schutzschild. Er brüllt zwei Männer in einem Pick-up an, die direkt vor ihm stehen und genervt sind. Irgendwann wenden sie mit quietschenden Reifen und rasen davon.

Eine Griechin erkennt uns als Journalisten, sie kommt auf uns zu. »Schnell, filmen Sie das«, sagt sie. »Wir haben schon die Polizei gerufen, gleich werden hier viele Männer auftauchen von der lokalen *Chrysi-Avgi*-Gruppe. Und dann wird es ordentlich Krawall geben.«

*Chrysi Avgi* – die Goldene Morgenröte. So heißt die griechische Partei ganz rechts außen. Kein demokratischer Anstrich, sondern eine Ansammlung von brutalen Nazis. Ich spreche die Blockierer an.

»Wir wollen, dass sie uns nach Mytilini bringen«, sagt ein alter Mann in nahezu fließendem Englisch. »Wir können nicht die ganze Strecke laufen.«

Eine Frau bringt uns ihr Baby, sie trägt es vor sich her wie eine Puppe, dabei weint sie und schreit, das Baby ist ganz blass und blau und still.

»Schauen Sie«, sagt die griechische Helferin, »der Kleine ist heute Morgen hier angekommen, er hat so viel Salzwasser geschluckt, wir müssen nach Mytilini ins Krankenhaus.«

Ich betrachte das Baby, und mir läuft es in kalten Schüben den Rücken runter. Ich gehe zu einem Taxifahrer, der den Kopf schüttelt.

»Wir dürfen sie nicht fahren, auch wenn sie uns bezahlen können. Die Regierung verbietet es, ich verliere sonst meine Lizenz.«

Ich schüttele den Kopf, diskutiere mit ihm.

»Was ist das für ein Blödsinn«, rufe ich, »es ist ein Baby. Es wird sterben. Los doch.«

Er schüttelt den Kopf. »Die Regierung verbietet es. Wirklich.«

Ich nehme 200 Euro aus meinem Portemonnaie und atme tief durch, ich höre auf zu schimpfen und rede ganz ruhig mit ihm. Schließlich willigt er ein.

Die Frau steigt mit dem Säugling und ihrem Mann ein, der alte Mann steigt auch dazu, sie rasen los nach Mytilini.

Der einzige Dorfpolizist von Molyvos ist unterdessen hinzugekommen, und ich denke, dass er besser im Lager der Helfer wäre, um die Vergewaltigung aufzuklären. Doch er steht nur da, stützt die Hände in die Hüften und weiß anscheinend auch nicht so recht.

Irgendwann – die Nazis kommen nicht zurück – merken die Flüchtlinge, dass ihr Anliegen niemanden interessiert, es ist bald Mittag, sie halten keinen auf der Straße wirklich auf, weil keiner durchfahren will.

Als sie sich in den Schatten flüchten, fährt der Touristenzug vorbei, diese Bahn, die in Urlaubsbädern auf Reifen am Strand entlang bummelt. Die wenigen Touristen fotografieren aus dem Innern die Menschen, die draußen unter den Bäumen sitzen und sich Wasser aus kleinen Flaschen über die Köpfe gießen.

# DREI

Vorm Abflug folgen wir Irinas Rat. Der Friedhof von Mytilini liegt hoch oben über der Stadt. Es ist ein brütend heißer Nachmittag, Dutzende Katzen und Hunde liegen herrenlos unter den Bäumen neben der kleinen Kapelle und dösen. Die Luft flirrt, nur zwei große Platanen spenden etwas Schatten.

Der Friedhofswärter ist ein ruhiger Mann, Schnauzbart, schwarzes Hemd mit langen Ärmeln trotz der Hitze. Er nimmt uns sofort mit, ein ganzes Stück nach hinten.

Vorne liegen die Inselgriechen in großen Familiengräbern, zwei alte Frauen sitzen an den Gräbern ihrer Männer. Weiter hinten, dort wo wir jetzt stehen, ist ein Rechteck, das wie ein frisch umgepflügtes Feld aussieht.

Der Friedhofswärter hat schlichte Holzkreuze auf jede Parzelle gestellt, wobei die genaue Anzahl der Parzellen unklar ist, die Gräber gehen ineinander über, es gibt keine Abgrenzungen durch Steine oder derlei, es ist Erde an Erde, Grab an Grab.

»Wie soll ich das denn schaffen?«, fragt er und sieht uns an, als sei es die Aufgabe, die Gott ihm nun einmal gegeben habe, und als würde er erkennen, dass er an dieser Aufgabe nur scheitern kann.

»Wie viele Menschen kommen denn pro Woche?«, frage ich ihn.

»Pro Woche«, sagt er und wiederholt es noch mal, »pro Woche, pah, das ist doch mittlerweile jeden Tag so. Das Meer ist trügerisch, diese Ruhe, die es an der Küste stehend ausstrahlt. In der Mitte ist die Strömung wild und gefährlich. Sie nehmen diese kleinen Boote, die ihren Namen nicht verdienen, die sind dort chancenlos. Sehen Sie«, sagt er und zeigt hinaus aufs Meer, »da kommt sie, die Fähre, das ist ein richtiges

Schiff, aber sie steht eben nur Griechen und Türken und den Touristen zu.«

Die Fähre von drüben, die die wenigen Kilometer in einer Stunde überwindet. Für wenige Euro. Ganz ohne Todesgefahr.

»Was machen Sie, wenn der Friedhof voll ist?«, frage ich ihn, denn so wie es aussieht, dauert es bis dahin nicht mehr lang. Die Parzellen sind fast alle belegt, und die Umgebung ist zu bergig, um den Friedhof an anderer Stelle fortzusetzen.

Er zuckt nur mit den Schultern und sieht in den Himmel, Gott wird's schon richten, soll das wohl heißen.

Ich beneide ihn um seine Ergebenheit und die Ruhe, die er mit jeder Pore ausstrahlt.

»Kommen Sie«, sagt er, während er Ruben beobachtet, der auf den Knien sitzt und, die Kamera im Anschlag, Detailaufnahmen der Holzkreuze macht.

Wir gehen an der zweiten Platane vorbei, zu einem kleineren Acker. Hier sind die Kreuze kleiner, und auf den Gräbern sitzen Kuscheltiere, ein Bär, ein kleiner Elch, ein Herz mit einem Gesicht.

Es ist so unwirklich, dass es mich gar nicht angemessen rühren kann. Ich denke immer wieder: Es kann doch nicht sein, dass es hier wirklich ein Massengrab für Kinder gibt. In Europa. Im 21. Jahrhundert.

Der Friedhofswärter senkt den Kopf und verharrt in der Stille, ich folge seinem Beispiel, betrachte die Tiere auf der lockeren Erde. Die Gräber links unten sind ganz frisch.

»Haben die Eltern die Kuscheltiere hier hingelegt?«, frage ich.

Er antwortet zuerst nicht.

Dann, nach einer Weile, sagt er: »Nein, ich war das. Es hat mich jede Nacht um den Schlaf gebracht. Ich musste irgendetwas tun, um diese Gräber als das zu kennzeichnen, was sie sind. Kindergräber. Und das mit den Eltern ist so eine Sache.«

Er atmet tief durch und weist mit dem Kopf zu einem Stofflöwen auf einem Stück heller Erde, ein schlichtes Holzkreuz steckt im Boden.

»Er war ein kleiner Junge«, sagt er, und seine Augen verschwinden hinter einem Vorhang aus Erinnerungen, »er ist ganz knapp vor der Küste ins Wasser gefallen. Sie haben ihn gesucht. Minutenlang. Dann hat sein Vater ihn gefunden, sie haben ihn rausgezogen und an Land gehievt und beatmet, aber es war zu spät.«

Er schweigt kurz, und ich gebe ihm den Moment, weil ich spüre, dass er nun zum Kern der Geschichte kommt.

»Ich habe den Sarg unten in Empfang genommen und wollte die Eltern mitnehmen, hier hinauf, damit sie die Grabstelle sehen können und Abschied nehmen.«

Er schluckt.

»Sie haben gesagt, sie müssten gleich weiter, weg von Lesbos, sie könnten die Fähre am Nachmittag nehmen, sie hätten Verwandte in Holland. Und dann waren sie weg.«

Er holt Luft.

»Ich sage das ganz ohne Wertung. Aber sie sind eben anders als wir.«

# Von Schwerin nach Grabow

## APRIL 1945

Crivitz ist der letzte größere Ort, den wir auf dem Rückweg passieren. Wir laufen durch ein Waldstück, die Bäume stehen dicht an dicht, immer noch sind es unsere dreieinhalb Wagen.

Der Reiter kommt nicht von der Straße, er kommt aus dem Wald. Er reitet schnell, meine Stiefmutter flüstert mir zu: »Dreh dich weg«, der Reiter sagt kein Wort, er bremst das Pferd genau vorm Wagen der Grützkes, er braucht nur einen Griff, er zieht die starre Edda auf sein Pferd und gibt dem Pferd die Sporen. Es hat keine Minute gedauert.

Frau Grützke zittert, sie ist bleich. Herr Grützke, der Bahnhofsvorsteher, sieht ihr noch nach, und bevor er sich umwendet, sagt er: »Wir gehen ins erste Haus, das wir finden, und halten an. Dort warten wir.«

Wir weinen, alle Frauen weinen. Herr Grützke schaut seltsam reglos, seine Wangenknochen treten hervor. Jan hält sich dicht neben mir.

Wir müssen nur fünf Minuten gehen, das Ortsschild ist noch intakt. Parchim. Das erste Haus gehört einem Malermeister, auch er ist im Krieg. Herr Grützke spricht leise mit der Frau des Malers, wir hören die Worte Russe und Pferd. Sie lässt uns in ihr Haus. Die Frauen gehen gemeinsam in den

Keller, dort soll es sicher sein, glaubt die Hausbesitzerin. Herr Grützke bleibt vor dem Zaun stehen. Bevor ich hinuntergehe, sehe ich noch seinen suchenden Blick.

Einige Stunden später gehe ich nach oben, um frische Luft zu bekommen, gerade als Edda auf das Haus zukommt. Sie schlurft, bis sie ihren Vater sieht. Dann wird sie schneller, sie weint, die Tränen laufen ihr die Wangen herunter, sie zittert, wird von ihrem Weinanfall überwältigt, ihr dünner Körper in Krämpfen. Die blonden Zöpfe sind verworren. Ich sehe schnell weg. Sie geht zu den anderen Frauen in den Keller.

Herr Grützke sagt zu mir in strengem Ton: »Ich möchte nicht, dass irgendjemand zu Edda irgendetwas sagt oder Fragen stellt.«

Ich sage es den anderen Frauen. Ich wage es nicht, das Mädchen anzusehen. Ich hatte auf dem Weg nicht so viel mit ihr gesprochen, so wie wir alle nicht viel miteinander gesprochen haben. Es ist eine merkwürdige Stimmung auf der ganzen Flucht, es zählt das nächste Essen, die nächste Herberge, der nächste Tag ohne Übergriffe der Roten Armee.

»Ich glaube nicht, dass wir Ilse heil nach Hause bekommen«, sagt Jan zu meiner Stiefmutter, ich bin nah genug, dass ich es hören kann.

Um uns herum im Keller stehen die Farben des Malers. Dort sitzen wir nun drei Tage lang. Wir wollen Edda Zeit geben.

Und haben Angst, dass uns etwas passiert, wenn wir rausgehen.

Am dritten Tag in diesem Keller, wir wollen heute aufbrechen, kommt Jan morgens zu mir. »Beug dich runter, Ilse, Kopf nach vorn«, sagt er. Dann beginnt er mir mit einer stumpfen Schere, die er in der Werkzeugschublade des Malers gefunden hat, die Haare abzuschneiden. Ich lasse es geschehen und sehe dabei zu, wie meine dunklen Haare auf den Boden fallen. »Es ist deine einzige Chance: Du musst als Junge gehen«, sagt er. Ich habe einen Pagenschnitt, sehe ich in einem blinden Spiegel, doch das reicht Jan noch nicht. Er zerreißt das Hemd, das er am Leib trägt und macht mir einen Kopfverband, der mich als Versehrten ausweisen soll.

Dann geht er nach oben zu seinem Handwagen und holt den Anzug heraus, bringt ihn nach unten, genau wie sein Hemd. Er dreht sich weg, während ich mir den schicken hellgrauen Anzug anziehe, der Stoff wirkt ganz fein, ganz fremdländisch, das Hemd ist aus Batist. Ich stelle mir Holland nun als das Paradies vor. Jan krempelt mir die Hosenbeine um.

Ich bin dünn geworden auf dieser Reise, sicher hätte mir der Anzug schon vorher nicht gepasst, nun aber schlottert er regelrecht um meine Knie und Schultern, doch es ist egal. Abgemagert sind sowieso alle, die mit uns auf der Straße gehen.

Die Frau des Malers hat uns eingeschärft, immer abzuschließen, wenn wir rausgehen. Einmal vergessen wir es. Zwei Soldaten gehen ins Haus und nehmen alles mit, das Geld, die letzten eingemachten Dosen. Die Frau des Malers ist wütend, wir müssen das Haus verlassen. Wir nehmen unsere drei Wagen und ziehen wieder los.

# FRA-GER

## 2015

*Du hättest sorry sagen können. Das wäre besser gewesen, als nichts zu sagen.«*

Ich starre auf die Worte auf meinem Laptop. Ein Satz, angekommen im Facebook-Messenger.

Agápi.

Ich bin vor zwei Stunden in Tegel gelandet, ich war auf Malta bei einem Flüchtlingsgipfel mit den afrikanischen Staaten. Viele kalte Taten, verpackt in warme Worte. Viele Absichtserklärungen, die absichtlich nicht eingehalten werden. Ich stand vor dem alten Kastell in Valletta, wo die Mächtigen tagten, und es war sehr warm für November. Doch ich spürte noch die kalten Schauer, die mich seit Lesbos nicht mehr losließen, seit ich das Grab des kleinen Jungen gesehen habe, dessen Namen ich gern gekannt hätte.

Ihre Worte, mein Verrat.

Während ich mir ein *Beck's* aus dem Kühlschrank fische, überfällt mich Weltschmerz. Die Mächtigen verraten die Armen und die Flüchtenden und die Sorgenvollen. Und ich habe die Frau verraten, die mir nähergekommen ist als irgendjemand sonst in vielen, vielen Jahren.

Doch was mich am meisten besorgt: Ich habe dieses Gefühl, dieses verdammte Gefühl der Einsamkeit, als hätte ich das Wichtigste meines Lebens verloren, ohne dass ich es mir hätte richtig nahekommen lassen. Ich weiß nicht, wie ich mich noch armseliger hätte finden können.

Ich drücke abwesend die Knöpfe der Fernbedienung, ich werde lange überlegen müssen, ob und was ich ihr antworten kann. Wo sie wohl ist? Was sie wohl treibt?

Da ist der erste Knall zu hören, und ich denke noch an Pyrotechnik, dann ertönt wenige Augenblicke später der zweite. Ich mache den Fernseher lauter und sehe, dass sogar die Fußballer irritiert sind, dass der Schiedsrichter nervös zur Anzeigetafel blickt. Ich bin geschult darin, eine Explosion zu erkennen, wenn ich eine höre.

Ich betrachte meinen Koffer voller dreckiger Hemden und Sakkos, mein leeres Handy, ich bin eben erst von der Reise zurückgekehrt. Ich gehe zum Kleiderschrank, um die schmutzigen durch saubere Klamotten zu ersetzen.

# Paris, je t'aime

## 2015

Es ist die erste Maschine des Tages. Sechs Uhr, Start in Tegel. Normalerweise ein proppenvoller Urlaubsflieger, Wochenendtouris auf dem Weg zum Liebesurlaub in Paris oder beste Freundinnen in Shoppinglaune. Heute sitzen hier sechs Kamerateams. Niemand sonst.

Wer eigentlich fliegen wollte, hat entweder die Nacht vorm Fernseher verbracht und sich dort schon entschieden, Paris Paris sein zu lassen. Wer es erst am Morgen erfahren hat, hat sein Taxi zum Airport wieder abbestellt.

Der Pilot spricht die Ereignisse mit keinem Wort an, doch ich bilde mir ein, in seiner Stimme zu hören, dass auch er mitgelitten hat, er hat einen sanften Ton statt des geschäftsmäßigen »Das Wetter am Zielort ist regnerisch«.

Ich habe nur kurz geschlafen, weil ich alle halbe Stunde wieder wach wurde, zu viel Adrenalin, jedes Mal der Blick aufs Handy. Die Push-Nachrichten änderten nicht das Thema, nur die Zahlen: Erst waren es drei Tote, als es nur das Stade de France gab, dann 25, als die Restos im elften Arrondissement dazukamen, und dann kamen die ersten Ärzte im Bataclan an. Morgens um halb vier, kurz bevor ich aufstand, waren es über 100 Todesopfer.

In Roissy laufen wir durch menschenleere Gänge. Keine Touristen, keine Geschäftsleute. Überhaupt niemand. Es ist gespenstisch. Am Ende der Halle der Ausgang. Davor schwerbewaffnete Polizisten in voller Kampfmontur, sie kontrollieren jeden Ausweis gründlich, ihre Blicke sind wütend und trotzig zugleich. Blicke, wie wir sie in den kommenden Tagen oft sehen werden.

Paris. Wieder Paris. Diesmal bin ich pünktlich.

Bei der Fahrt in die Innenstadt überschlagen sich die Sprecher im Radio. Es ist der Versuch einer professionellen Einordnung dieser Taten, gerade mal sieben Stunden nachdem der letzte Schuss gefallen ist. Sie analysieren, kommentieren, suchen Motive, genau wie ich es gleich tun werde, wenn ich vor der Kamera stehe. Und doch sind unter dem professionellen Firn, der sich auf ihre Stimmen gelegt hat, ihr Schock, ihre Trauer, ihre Wut zu hören, dass all das in ihrer Stadt passiert ist, einfach so, um die Ecke. In den Restaurants und Cafés, die besonders junge Medienmenschen frequentieren, weil sie so schön und hip sind. In ihrer Stadt, die immer auf den Caféterrassen gelebt hat – was wird das bedeuten für Paris, für das Lebensgefühl der Pariser?

Wir steigen am Eiffelturm aus, um uns ein erstes Bild von der Sicherheitslage zu machen, da kommen Polizisten auf uns zu, in ihren Armen haben sie alte Jagdgewehre. Als sei auch der letzte Beamte auf den Beinen und die Waffenkammern deshalb leer, sodass wirklich jedes mögliche Schussgerät herangezogen werden muss.

Die nächsten Stunden vergehen wie im Zeitraffer, eine Hast durch die Stadt, die Ruben und ich ohne viele Worte machen. Raus aus dem Taxi, Bilder drehen, Menschen befragen, kurz die Kerzen vorm Restaurant *Le Petit Cambodge* betrachten, in die Einschusslöcher haben die Pariser Blumen gesteckt. Dann rein ins Taxi und weiter zum *Bataclan*. Dort die größte Meute, Journalisten, Voyeure, vielleicht beides in einem. Weiter zur République. Weinende Menschen, die einander in den Armen liegen, als sei die Republik wieder zusammengeschweißt. Doch so ist es nicht. Ganz und gar nicht. Die Wut wächst. So war es schon nach *Charlie Hebdo*, so wird es jetzt wieder sein.

Am Abend – die achtminütige Reportage über den Tag danach in Paris ist überspielt – gehen wir in ein kleines Resto im Marais, irgendwo hinter der Place des Vosges.

Zwei Freunde, Ruben, ich. Wir sitzen im Fenster wie die Menschen am Vorabend im *Petit Cambodge*. Es fühlt sich nicht mehr beschaulich an oder *typique*, sondern wie auf dem Präsentierteller.

Wir bestellen, der Wein kommt, das Bier, ein Auto hält genau vorm Fenster, der Kellner sieht hinaus, wir sehen hinaus. Drei Männer, lange Bärte, Kennzeichen *92*, *Banlieue*. Einer steigt aus, eine Tüte in der Hand, riesig ist sie, vollgepackt. Er steckt sie in den grünen Müllsack an der Ecke, steigt ein, die Männer lachen, der Wagen rast los.

Wir starren auf den Müllsack, mein *Tartare frites* kommt mir plötzlich ziemlich trivial vor. Wir sind hier im jüdischen Viertel, wie könnte es anders sein, als dass es gleich knallt.

Der Koch läuft in weißer Jacke über die Straße, die Kellnerin ruft hinterher: »Jean, nicht!«

Er greift in die *Poubelle*, wühlt darin herum, die Kellnerin schließt die Augen, ich auch. Als ich sie wieder öffne, hat er die Tüte rausgezogen, hebt sie hoch und ruft: »Junkfood!«

Die Kellnerin lacht hysterisch, Ruben und ich atmen auf.

Ich spüre, dass es lange dauern wird, bis *dîner* wieder *dîner* ist und nicht Mutprobe. Fortan wird keiner mehr *en terrasse* sitzen, ohne die Exitstrategie durchgespielt zu haben.

Ich schlafe schlecht, träume von Bärten und Bomben und kann mir diese Alliteration selbst nicht verzeihen. Drei Stunden später stehen wir vor der Großen Moschee, sehen die Gendarmen, die nun das Gotteshaus bewachen müssen, aus Angst vor Rache. Später rasen wir in einen Vorort, aus dem einer der Täter stammt. Dort in der Moschee erzählt mir der Imam, das sei alles sehr schrecklich. »Aber es hat doch mit dem Islam nichts zu tun«, sagt der kleine Mann mit der weißen Haube und gutmütigen Augen.

»Es sind aber stets Menschen, die sich auf den Islam berufen«, sage ich. »Wie können Sie sagen, dass es damit nichts zu tun hat?«

Ich hätte die Frage nicht stellen müssen, weil die Antwort immer die gleiche ist:

»Diese Menschen«, sagt er, »sie haben den Islam nicht verstanden. Der Islam verbietet das Töten, er ist eine Religion des Friedens. Das sind keine guten Muslime, die so etwas tun.«

»Aber sie tun es«, sage ich »und sie rufen dabei: Allāhu akbar. Oder?«

»Sie missbrauchen die Religion«, sagt er.

»Aber müssten Sie nicht etwas dagegen tun? Sich klarer dagegen aussprechen? Versuchen, etwas gegen die Radikalisierungen zu tun?«

»Aber sehen Sie, Monsieur, es ist dieser Staat, der uns ausgrenzt. Vielleicht ist es auch eine Reaktion unserer jungen Leute ...«

Er erzählt, wie schwer sie es haben, wie sie diskriminiert werden in Frankreich. Er erzählt nicht, was die Rolle seiner Moschee in dieser Banlieue ist.

Zwei Stunden später: Das andere Extrem auf der anderen Seite von Paris. Nanterre, ein schnöder Neubau, Tiefgarage, hoher Zaun, Sicherheitsschleuse. Im Vorraum ein Souvenir-shop, reichlich verstaubt, weil ja niemand ins Gebäude gelassen wird, um Souvenirs zu kaufen. Highlights sind für mich die Frisbeescheiben, der Teddybär mit Parteilogo und die *Marine-Le-Pen*-Basecaps. Wer das ernsthaft aufsetzt, dem kann nichts mehr Angst machen.

Zehn Minuten später sitzen wir vor ihr. Im Vorgespräch ist sie freundlich, beherrscht, in Eile. Als die Kamera angeht, ist sie wie verwandelt. Sie kocht.

»Ich werde nicht zulassen, dass noch mehr Franzosen sterben. All diese toten Franzosen sind das Ergebnis der Flüchtlingspolitik. Auch der Flüchtlingspolitik in Deutschland. Das muss ein Ende haben.«

Die einen verweigern sich der Debatte, während sie genau diese Debatte führen will. Wie viele Wählerstimmen mehr werden ihr die Anschläge gebracht haben? Das gelähmte Land. Ich fühle mich furchtbar müde.

Vor dem Blutspendezentrum an der Opéra stehen Hunderte Schlange, ich will mich dazustellen, aber nein, ich kann kein Blut sehen, außerdem muss ich berichten.

Vor Notre-Dame am Abend sind es Tausende, die Blumen tragen und Tränen, beides mit dieser Pariser Würde, die Kathedrale innen in Blau-Weiß-Rot. Frankreich ist heute nicht laizistisch, nur patriotisch. Während des Gottesdienstes müssen wir raus, keine Aufnahmen. Ich höre die erste Sirene, die zweite, Wagen in Zivil rasen vorbei, die Rundumleuchten auf dem Dach zucken rasend.

Ruben sieht in die Autos, ruft: »Sie sind vermummt. Los, wir müssen dahin.«

Es ist schon dunkel, wir rennen über die Brücke auf die Île Saint-Louis, mein liebster Eisladen hat geschlossen, rüber über die nächste Brücke hinein ins Marais.

Es ist wieder das jüdische Viertel, ich weiß, was das heißt. Drei Hubschrauber in der Luft, immer mehr Polizeiautos rasen die Rivoli hinunter. Die Straßen werden leerer, dunkler, nur die Rotoren dort oben sind zu hören und die Sirenen in verschiedenen Oktaven. Ich bin kein Held.

Ein Trupp rennt an uns vorbei, volle Kampfmontur, die Waffen gezogen. Ist das ein verdammter Film? Zehn Polizisten mit Pistolen in den Händen, die Arme vor dem Körper, zielend, auf einen unsichtbaren Feind.

Um die Ecke vor einem Café sind die Tische umgestoßen, die Stühle liegen über die Straße verteilt, daneben Gläser, Flaschen in Scherben. Die Rollläden sind heruntergelassen, die Gäste müssen geflohen sein. Dieses Bild brennt sich ein, die pure Angst, das pure Am-Leben-bleiben-Wollen. Es ist Armageddon. Alle Ingredienzen des Abends liegen auf dem Boden, Cocktailgläser, teurer Rotwein, Brot im Korb, aus einem simplen Apéro ist Flucht geworden. 100 Meter weiter ein Café, die Rollläden nur halb heruntergelassen, zwei Gesichter schauen darunter hervor, der Mann ruft:

»Wollt ihr rein? Hier ist es sicher.«

Ruben sagt leise: »Nein, wir müssen weiter.«

»*Take care*«, flüstert der Mann mit französischem Akzent.

Wir bewegen uns weiter, langsam, vorsichtig. Um die nächste Ecke, von hinten kommen wieder Polizisten angerannt, die *CRS*, dann ein Schuss. War es ein Schuss? Eine Ecke weiter Bewegung, vier vermummte Polizisten laufen auf einen Hauseingang zu, einer hat eine Pumpgun in der Hand. Keine schnellen Bewegungen, mahne ich mich, bleibe hinter der Ecke stehen.

Mein Handy fiept: *Massenpanik auf der Place de la République* steht im Push. Ich fluche und schalte es stumm. Ich Idiot. Es steht an jeder Pinnwand in jeder Schule im Land: Handy aus bei einem Anschlag. Lautlos. Ohne Vibrieren. Manchmal habe ich das Gefühl, die Welt ist noch schneller als ich. Und das ist echt 'ne Leistung.

Ruben sieht mir ins Gesicht. »Geh da ins Haus«, sagt er und duldet keine Widerrede. Er kann nicht auch noch auf mich aufpassen.

»Komm mit mir«, sage ich.

»Nein«, sagt er.

Ich gehe in den Hauseingang, den ein junger Mann offenhält. Drinnen stehen drei Frauen und zwei Männer, alle drücken sich an die Briefkästen, ein Zittern ist im Raum, es könnte auch mein Körper sein. Minutenlang spricht niemand.

Als ich keine neuen Schüsse höre, schleiche ich mich hinaus, Ruben steht da und filmt, doch der Hubschrauber dreht ab, die Polizisten nehmen ihre Masken ab, die Pumpguns werden gesenkt.

Später heißt es, es sei falscher Alarm gewesen, ein Polizeitrupp hätte die Massenpanik ausgelöst, die Schreie von der République hätten auch die Menschen vor den Cafés in Panik versetzt.

Als ich drei Tage später ins Flugzeug nach Berlin steige, bin ich erschöpft und erleichtert. Es ist bitter, das zu fühlen, wenn es deine Lieblingsstadt trifft und der Grund dafür Angst ist.

# Skellefteå

## 2015

Ich wälze mich im Bett umher. Das Laken unter mir ist klatschnass, genau wie die dicke Decke über mir. Die Heizung bollert und ist nicht abzustellen, der kleine weiße Regler hängt nur noch lose an dem alten Rohr. Das Fenster aufzumachen, verbietet sich, weil draußen weiße Flocken fallen und es arschkalt ist. Nur ein Blick auf das iPhone verrät mir, wie spät es ist. Kurz vor sieben. Verdammt.

Ich habe die halbe Nacht kein Auge zugemacht, dafür war ich seit dem frühen Abend hundemüde.

Schwedisch-Lappland im Dezember. Was für eine beschissene Idee. Als wir am Tag davor in Umeå gelandet sind, es ist morgens um zehn, ist es noch nicht hell, weil die Sonne es frühestens um elf über die dunklen Wälder schafft. Kurz nach vier ist es wieder dunkel, nicht nachtdunkel, sondern ein fieses Dämmerlicht, das Menschen, die nicht von hier sind, automatisch den Stecker zieht.

Dazu kommt, dass das wenige Licht von nichts reflektiert wird. Es hat den ganzen Winter noch nicht geschneit, was hier, wie mir der Hotelbesitzer versichert, noch mehr Menschen in die Depression stürzt als ohnehin. Wenigstens das hat sich im Laufe meiner schlaflosen Nacht verändert, nun ist

167

es vor dem Fenster und der Bullerbü-Gardine schneebedeckt und wirkt so abgeschieden, als seien wir bereits ein Stück übers Ende der Welt hinaus. Es zuckt in mir, ich fühle mich fiebrig, mein Magen rumort, was nicht nur an dem blutroten Elchbraten liegen kann, den wir gestern Abend bekommen haben. Irgendwas brüte ich aus.

Vor drei Monaten hat sich Deutschland verändert. Das war so ein Moment, der sich langsam angeschlichen hat. Und auf einmal sind wir mittendrin. In den Zügen, die aus Osten anrollen, sind Menschen, die aus Leid und Trümmern fliehen. Sicher sind viele in diesen Zügen, die ich Monate vorher auf Lesbos kennengelernt habe. Vielleicht die Eltern des kleinen Jungen, der auf dem Friedhof oberhalb von Mytilini begraben liegt.

Budapest, Wien, Bayern. So ist die Route, so geht die Geschichte. Eine Geschichte, die ich auf Lesbos vorhergesehen habe, doch nicht mal ein Zehntel so drastisch, wie es dann gekommen ist. *Unvorstellbar* ist ein großes Wort, weil wir Menschen viel ertragen, was wir uns vorher nicht vorstellen konnten. Flugzeuge in Hochhäuser. Tote im Mittelmeer. Unverhüllte Nazidemonstrationen in Sachsen.

Die Bilder bescheren uns im Schnittraum eine Gänsehaut, als wir sie zum ersten Mal sehen. Die klatschenden Menschen auf dem Münchner Bahnsteig. Bilder, von denen wir da noch nicht wissen, dass wir sie die nächsten Jahre immer wieder aus dem Archiv holen werden, um die *Invasion* zu beschreiben, die *Welle*, die auf uns zurollte. All diese Worte, die etwas suggerieren. Sie suggerieren, dass wir überschwemmt werden. So reden gestandene Politiker irgendwann von *Asyltouristen*, ohne sofort aus dem Amt gejagt zu werden, bald gelten sie als mögliche Kanzlerkandidaten. Auch Ausländerheime werden wieder brennen, nicht wie damals in Rostock oder Hoyerswerda, sondern quasi unbemerkt irgendwo jede Woche, weil sich niemand mehr die Mühe macht, dem eine Schlagzeile zu widmen, außer einer auflagenschwachen Regionalzeitung.

Und dass diese Frau, die meine zweite Heimat bis hierhin problemlos – ich habe immer »konzeptlos« gesagt – durch die Krisen gesteuert hat, nun durch diese drei Tage im September für alle Zeiten ihren Makel hat. Einen Makel, der kein menschlicher Makel ist, im Gegenteil, der sie aber für einige Unmenschen untragbar machte, schwach, oder, noch schlimmer, ihr den Vorwurf einbrachte, sie habe eine Agenda, sie plane die »Umvolkung«. Die Aufsteiger in ihrer Partei nutzen das, um an ihrem Stuhl zu sägen, endlich ihre Ära zu beenden. Wer hätte vorher gedacht, dass diese paar Tage über ein Dutzend Jahre Regentschaft richten würden?

So weit ist es noch nicht in diesem kalten Dezember im dunklen Lappland. Als ich mich irgendwann am frühen Morgen entscheide, doch das Bett zu verlassen, ist mir speiübel, und der Schüttelfrost hat sich über meinen ganzen Körper gelegt.

Wir fahren im Dunkeln in Richtung Norden, dabei ist es kurz nach acht Uhr.

Kilometerlang geht es immer tiefer in den Wald hinein, immer weiter fahren wir vom Meer weg und hinein ins Landesinnere, was egal ist, weil sich weder die Landschaft noch das Licht verändern. Es ist scheißtrist, das ist es. Und mein Bauch gibt mir den Rest. Wir sind verabredet mit einem Mann aus Nigeria, der in einem kleinen Kaff Integrationskurse gibt, für die, die noch nicht so lange in Schweden sind wie er. Ich will darüber berichten, wie ein Land mit Flüchtlingen und Integration umgeht, das nicht erst seit ein paar Monaten derart betroffen ist, sondern seit Jahrzehnten. Umgerechnet auf die

Einwohnerzahl ist es nämlich alljährlich Schweden, das die meisten Flüchtlinge aufnimmt.

*Jörn* heißt der Ort, und er sieht aus, wie er heißt. Ein paar Holzhäuser in Falunrot, ein paar Hütten, ein großes Heim für die Migranten, die sich neben dem einzigen Tante-Emma-Laden zu ihrem Kurs treffen. Es sind ein paar Nordafrikaner, zwei Syrer, aber zumeist Schwarzafrikaner, Flüchtlinge aus den Wellen vor dem Syrienkrieg, Menschen, die auf Lampe-dusa ankamen und es dann nach Schweden geschafft haben. Die jungen Männer aus Afrika erzählen uns ihre Geschichten, die so ganz anders sind als die Fluchtgeschichten der Syrer und Afghanen. Von ihren Familien wurden sie aus Sierra Leone, aus Mali oder aus Eritrea hergeschickt – als Hoffnungsträger, auf der Suche nach einem besseren Leben, es sind die Stärksten aus jedem Dorf, die eines Tages per *Western Union* Geld in die Wüste schicken sollen. Dafür mussten sie es durch die Sahara schaffen oder durchs Sahel, haben Qualen gelitten unter den wahnwitzigen Schleusern, die damals noch winzige Skrupel hatten – heute sind es nur noch Schlächter, besonders in Libyen. Übers Mittelmeer, natürlich unter Lebensgefahr, aber damals gab es noch die Seerettungsaktionen der EU-Staaten, so wurden die meisten von ihnen herausgefischt und schafften es bis Lampedusa, später Festland-Italien, und dann wurden sie durchgewinkt bis in den hohen Norden.

Wir stehen mit den dunkelhäutigen Männern vor dem Supermarkt im weißen Schnee, beim Anblick des Kontrasts beschleicht mich ein unheimliches Gefühl. Warum haben sie das gemacht? Diesen todbringenden, zumindest aber übermenschlichen Weg, erst auf einer Reise, die über Tod oder Leben entscheidet, und dann hierher ans absolute Ende der Welt, weit weg von ihren Familien, ihren Lieben.

Es gibt wohl keinen Ort, der so weit weg ist von einem kleinen Dorf in Mali wie Jörn in Schwedisch-Lappland. Sonne nur im Juni, ansonsten nichts als Grau und Dunkel und Schnee und blonde Menschen mit einer komischen Sprache. Selbst ich fühle mich hier fremd, wie müssen sie sich da fühlen. Und dann denke ich: Wenn sie hier stehen und lächeln und dankbar sind wie diese beiden Jungen aus Eritrea, dann wird es richtig sein. Ich kenne ihr vorheriges Leben nicht, ihre Geschichten, ihr Leid, ich kann mir kein Urteil erlauben, nicht die Bohne. Dass sie ganz große Augen kriegen, als sie hören, dass wir aus Deutschland sind, verstehe ich noch nicht.

Einen Tag später werde ich es verstehen. Wir stehen in der Schwimmhalle von Skellefteå. Eine junge Schwedin gibt jungen Syrerinnen Schwimmunterricht, und die Mädchen sind so gut, dass es eine der Teenagerinnen selbst schon zur Schwimmlehrerin geschafft hat.

Irgendwann nimmt die Schwedin uns beiseite, umarmt mich aus heiterem Himmel, dass mich Ruben ganz seltsam anblickt, und sagt:

»Ihr Deutschen. Ihr seid so toll. Wie ihr mit dieser Katastrophe umgegangen seid, mit welch offenen Armen ihr die Menschen aufgenommen habt, ohne zu zögern.« Sie hat plötzlich feuchte Augen. Sie sagt: »Diese Bilder am Bahnhof, die waren einfach umwerfend. Wir alle haben sie gesehen und sind so froh, dass es Deutschland gibt. Wir Schweden, wir wollen ja niemanden mehr aufnehmen ...« Sie schluckt und blickt betreten zu Boden.

Es stimmt. Ausgerechnet Schwedens sozialdemokratische Regierung hat sich entschieden, in der aktuellen Migrationskrise einen Aufnahmestopp zu verhängen. Ich habe vor zwei Tagen in Stockholm mit dem Integrationsminister gesprochen, der zugab: Schweden ist am Rande seiner Möglichkeiten und könne nur noch so viele Menschen aufnehmen, wie es auch integrieren könne. Ich schäme mich dafür, dass sich diese junge Frau schämt für ihre eigene Regierung. Als sie sich beruhigt hat, wir stehen immer noch am Rande des Schwimmbeckens und sehen zu, wie die Syrerinnen im Wasser ihre Bahnen ziehen, sage ich:

»Wissen Sie, das Tolle an Ihrem Land ist ja, dass Sie nicht am Bahnhof stehen und klatschen. Und dann, vielleicht schon in einem Monat, dreht sich die Stimmung in unserem eventgesteuerten Deutschland, weil irgendwas nicht mehr ins Bild passt, weil uns die neuen Deutschen nicht mehr passen. Sie aber, hier in Schweden, selbst in diesem Dorf am Ende der Welt, Sie integrieren seit Jahrzehnten, machen Pionierarbeit und zeigen, wie das gelingen kann, eine offene Gesellschaft. Wir sollten Ihnen applaudieren.«

Dass es die Silvesterübergriffe am Kölner Dom geben wird, nicht mal einen Monat später, weiß ich da noch nicht. Dass auch in Schweden die Stimmung immer weiter kippen wird, allerdings auch nicht.

In der Nacht liege ich in meinem überheizten Hotelzimmer, draußen schneit es immer noch, und es ist überirdisch hell, weil der Schnee endlich das Licht zurückwirft. Ich versuche im Internet, Bilder von Agápi zu finden. Vergeblich.

Am Ende fliegen wir zurück, ohne einen Elch gesehen zu haben. Ich weiß auch nicht, warum das so ziemlich das Einzige ist, woran ich mich von dieser Reise erinnere.

# Grabow

## MAI 1945

Das Schild, das das Haus als den Sitz des Ortsbauernführers markierte, haben sie schnell abgeschraubt.

Wir klopfen und rufen über den Zaun, doch die Frau, die mit uns vor einer Woche noch Kartoffeln gekocht hat, antwortet nicht. Sie ist auch geflohen, so hoffe ich.

Wir legen heute einen nicht so langen Weg zurück, Edda sitzt die ganze Zeit auf dem Wagen der Grützkes, den wir in die Mitte nehmen. Ich ziehe unseren Wagen, als Junge verkleidet. Zu Fremden sage ich kein Wort.

Wir gehen nicht ins Haus, es kommt uns nicht recht vor. Wir bleiben in der Scheune. Ohne Federbett. Wir müssen schnell sein, wenn sie kommen.

In der Nacht geht Martha auf das Plumpsklo draußen im Hof. Auf einmal hören wir Stiefel, die laut stampfend die Hauptstraße entlangkommen. Es ist das einzige Gehöft weit und breit. Wir zittern. Die Grützkes erklimmen die Leiter, die auf den Dachboden führt, die Tochter der Hahns und ich klettern in den Dreschkasten, in dem sonst die Körner gedroschen werden.

Wir wagen es nicht zu atmen. Die Stiefel kommen näher, es sind Russen, keine Zweifel. Sie haben unsere Wagen gesehen, aber sie suchen uns nicht sehr gründlich. Als sich die Absätze der Armeestiefel wieder entfernen, fasse ich unter mich, weil ich mich wundere, warum sich mein Kleid so nass anfühlt. Ich fasse in etwas Warmes, Feuchtes. Ich versuche, meinen Schrei zu ersticken. Als wir sicher sind, dass die Soldaten weg sind, sehe ich nach. Es sind die Gedärme eines Tieres, vielleicht einer Ziege. Die Frau des Ortsbauernführers wird sie vor ihrer Flucht geschlachtet und hier in den Dreschkasten geworfen haben.

Nach einer halben Stunde kommt Martha zurück. »Ich wäre am liebsten ins Klosett gekrochen«, sagt sie.

Am nächsten Morgen gehen wir wieder los. Am Straßenrand auf der Straße nach Neuruppin liegt ein Pferd auf dem Rücken, die Beine hängen in die Luft. Es ist bis auf die Rippen ausgeweidet, kein Fitzelchen Fleisch ist mehr daran. Die Menschen müssen es fein säuberlich zerteilt und dann das Fleisch gekocht haben. Ich habe großen Hunger.

Am Nachmittag gehe ich in ein kleines Waldstück, weil ich mal muss. Jan beobachtet den Wald genau, doch er scheint ruhig und friedlich. Gerade, als ich mich hinhocke, sehe ich sie: Es sind bestimmt zehn Soldaten in Wehrmachtsuniformen. Es sind nur drei Sekunden, die ich hinschaue, bis mein Gehirn die Information verarbeitet und die Augen sich abwenden, aber es genügt: Ich sehe, wie sie daliegen, von Fliegen umschwärmt, ich sehe keine Schusswunden, sicher sind die blutigen Stellen unter den Körpern verborgen. Ich schreie nicht, weil ich nicht mehr weiß, was ich eigentlich überhaupt noch unerträglich finde.

Auf dem Weg sind die russischen Soldatinnen am schlimmsten, die an den Straßensperren stehen. Sie kontrollieren ganz genau, lassen uns jeden Koffer öffnen, betrachten die Schuhe, die Kleider. Alles zu kaputt und zerlumpt für sie. Die Frauen rümpfen die Nase und lassen uns mit den Sachen weiterziehen.

Die Kontrollen werden häufiger. Jan betrachtet mich in seinem Anzug, alles schlottert und hält kaum an meinem mageren Leib. Wieder sagt er zu Martha: »Ich weiß nicht, wie wir Ilse heil nach Schönwalde kriegen sollen.«

Herr Grützke flüstert meiner Stiefmutter leise zu: »Na, wenn die mal nicht mit nach Holland geht.« Ich höre, wie Martha antwortet: »Aber wie sollte Fritze das überleben, wenn Ilse weg ist?« Ich denke darüber nach, in welcher Gefangenschaft mein Vater wohl steckt. Ich habe viel Schlimmes über Sibirien gehört, darüber, was die Barbaren dort mit den Gefangenen machen.

In Neuruppin beim Bäcker steht ein russischer Offizier am Tresen, als Martha und ich eintreten. Der Bäcker schnauzt uns an: »Wir haben nichts mehr. Geht weiter.« Doch der Offizier lässt seinen Säbel auf den Boden knallen und ruft in gebrochenem Deutsch: »Gebt ihnen ein Stück Brot.« Der Bäcker gehorcht, verschwindet in der Backstube und kommt mit zwei Kanten Kommissbrot heraus, die er uns reicht. Der Offizier nickt zufrieden. Die Offiziere sind in Ordnung, denke ich. Ein andermal sehen wir, wie ein Soldat einen Deutschen schlägt, er lässt den Mann sich ausziehen, komplett bis auf die Wäsche, dann schlägt er ihn weiter. Ein Offizier kommt angeritten, er springt vom Pferd, und noch im Sprung lässt er einen Knüppel auf den Soldaten niedersausen, dann tritt er immer wieder auf den Mann ein, der es nicht wagt, zu schreien. Ich verstehe nicht, was der Mann in der feinen Uniform ruft, doch er ist sehr wütend.

# Visegrád

## 2015

Die Moldau ist so schön, wie die Leute sagen. Auch drum herum sehen die Häuser aus wie zu K.-u.-k.-Zeiten, der Euro hat hier noch nicht die Preise verdorben, in den Restaurants darf man rauchen, es wirkt wie das Paradies für jene, die gerne die Zeit zurückdrehen möchten.

Nach einem hervorragenden Gulasch mit Knödeln rennen wir über die Mánes-Brücke, biegen nach rechts ab, es sind nur noch wenige Schritte zur Straka, dem Regierungssitz.

Wir sehen die Demonstranten sofort, und in einem westeuropäischen Reflex weiß ich, um was für Proteste es sich handeln muss. Doch bevor wir sie filmen, müssen wir uns beeilen, gleich ist die erste Schalte für unseren Sender, wir haben eine Zigarette zu viel geraucht im *U Parlamentu,* der Nostalgieeffekt war einfach zu geil.

Ruben fährt die LiveU hoch, die unser Bild über zehn zusammengesteckte Mobilfunkkarten auf die Reise in die Sendezentrale und von dort auf die Bildschirme der Republik schicken wird. Ich drücke mir den Knopf ins Ohr, die Regie klingelt schon an, fragt hektisch: »Seid ihr da? Wir haben gewartet. Alles fertig?«

Sekunden später höre ich den Sendungston, die Melodie,

dann sagt der Moderator: »Die hektischen Flüchtlingsbewegungen haben besonders die osteuropäischen Regierungschefs aufgeschreckt, sie lehnen die Aufnahme von Syrern und Afghanen rundweg ab. Heute tagt in Prag die sogenannte Visegrád-Gruppe, das sind Polen, Tschechien, die Slowakei und Ungarn – und dort schalten wir nun hin, zu unserem Reporter. Welches Signal erwarten Sie sich von dem Treffen, das in wenigen Minuten beginnt?«

Ich räuspere mich, die Demonstranten sind überraschend laut geworden in den letzten Sekunden, aber was soll's – Hintergrund macht Bild gesund, sagt man beim Fernsehen.

»In der Tat wird es eine klare Haltung geben, die hier aus Prag gesendet werden soll – und die geht direkt nach Brüssel und Berlin und besagt: Wir werden eure Idee einer Verteilung auf alle EU-Staaten nicht mitmachen. Besonders Viktor Orbán ist da sehr klar. Er und die anderen Ministerpräsidenten glauben, dass die Länder Osteuropas keine Heimat werden dürfen für Muslime. Die Staaten seien einfach zu christlich geprägt. Das mache die Integration unmöglich – und auch die Flüchtlinge hätten so gar keine Chance, im Land anzukommen, wenn es niemanden ihres Glaubens gäbe, so die zynische Begründung.«

»Das heißt, die Idee der Verteilung innerhalb Europas ist damit vom Tisch?«

»Brüssel und Berlin werden natürlich weiter versuchen, Druck auszuüben – besonders finanziellen Druck. Es kann ja nicht sein, dass die östlichen Mitgliedsstaaten die EU-Subventionen für ihre Bauern, ihre Straßen und Brücken gerne nehmen, aber bei der innereuropäischen Solidarität den Schwanz einziehen. Allerdings ist die Stimmung unter den Politikern hier sehr klar: Egal, wie groß der Druck ist, sie wollen keine muslimischen Flüchtlinge aufnehmen. Vielmehr hören wir immer wieder: Besonders die Polen haben doch kürzlich sehr viele Flüchtlinge aus der Ukraine aufgenommen, das muss reichen.«

Der Moderator dankt, die Regie dankt, und ich habe immer noch ein Stück Gulasch zwischen den Zähnen. Eine Stunde Pause. Nach drinnen kommen wir nicht, wir wurden zu spät akkreditiert, um im Pressezentrum warten zu können.

Ruben zündet sich eine neue Zigarette an, ich wende mich den Demonstranten zu. Sehe sie zum ersten Mal genauer an. Und wundere mich. Alt und Jung sind hier versammelt und wirken sehr aufgebracht. Ich habe mich getäuscht.

Ich spreche kein Tschechisch, aber die Plakate sind klar, selbst für mich. Hier haben sich über 1000 Menschen getroffen, um lautstark gegen die Aufnahme von Flüchtlingen zu protestieren – nicht etwa, wie ich erwartet hatte, gegen ihre flüchtlingsfeindlichen Regierungen. Klar, ich kenne das, Pegida läuft seit einem knappen Jahr. Und doch sehen die hier anders aus. Wie ein breiter Schnitt durch die Bevölkerung.

Ich gehe zu ihnen, ein junges Pärchen spricht Englisch. Der Mann könnte mit seinem Hipster-Rucksack auch in einem Café in Berlin-Mitte hinterm Laptop sitzen.

»Nein, wir wollen hier keine Muslime«, sagt er. »Sie sind ganz anders als wir. Das würde nur Unruhe bringen. Sie in Deutschland, Sie spüren das doch schon, oder?«

Er sagt es ganz gelassen, ganz bescheiden. Und seine blonde Freundin, auch sie urban, die Nike-Schuhe sehen aus wie eben aus dem Karton geholt, fügt an: »Ich möchte mich weiter abends auf die Straße trauen, geht das in München noch?«

Sie wirken so normal und sympathisch wie die Schwedin, die Syrern Schwimmunterricht gibt. Ich bin verwirrt.

Am Abend bei der Pressekonferenz sagen der Tscheche und der Ungar exakt das, was ich vor fünf Stunden vorhergesagt habe. Das braucht aber keine Orakelqualitäten, sie sagen immer das Gleiche. Aber ich verstehe es jetzt anders: Nicht Orbán und Co. sind gegen die europäische Humanität, es sind ihre Bevölkerungen, die den Weg vorgeben.

Wir gehen zurück ins *U Parlamentu*, diesmal nehme ich das riesige Wiener Schnitzel, für das ich im *Borchardt* das Zwölffache bezahlen würde. Wenn mir der deutsche Finanzminister noch einmal erzählt, dass der Euro das Leben nicht verteuert hat, lade ich ihn mal auf ein mit tschechischen Kronen bezahltes Schnitzel ein.

Als es dunkel ist, gehen wir in einen Billardsalon. Die Beleuchtung vor den Fenstern des mehrstöckigen Gebäudes ist rot. Wir spielen eine Stunde, trinken Pilsner Urquell, werden immer betrunkener. Ein Glatzkopf winkt uns heran.

»Kommt mit hoch, Jungs. Ist gut ...«

Wir sehen uns an, Ruben schüttelt den Kopf, ich sage: »Komm, nur mal gucken.«

Wir nehmen die Gläser mit, steigen hinter dem Mann, der aus einer viertklassigen Russenmafiakomödie stammen könnte, die Treppe des Plattenbaus empor. Das rote Licht lässt den bröckelnden Putz beinahe charmant aussehen.

Oben öffnet er eine Schwingtür, wir gehen hindurch. Ein großer Raum, dunkler noch als der Billardsalon, es riecht süßlich, dasselbe rote Licht wie im Treppenhaus, aber nun, als die Musik wieder angeht, blitzt auch das Stroboskop auf, wirft seine silbernen Strahlen auf die Brüste der Frau, die sich um die Stange in der Mitte des Raumes windet. Nicht viel los heute Nacht, zwei, drei dicke Chinesen sitzen am Rande des kleinen Catwalks und betrachten die Halbnackte. Ich betrachte sie genauer: Frau ist gewissermaßen falsch. Sie ist ein

Mädchen, vielleicht ist sie gerade achtzehn geworden, vielleicht ist sie auch jünger.

Wir gehen zur Bar, Ruben bestellt ein weiteres Bier, ich einen Gin Tonic.

Wir setzen uns auf die Sessel direkt vor der Bühne, das Mädchen kommt auf uns zu, zwinkert, ihre Brüste sind klein und spitz, meine Stirn ist schweißnass. Ich lag beim Billard vorne, drei zu zwei, es war knapp, wir hätten einfach weiterspielen sollen, denke ich, kurz nur, dann treten von hinten zwei Frauen an uns heran, eine Schwarze, die sich Ruben zuwendet, eine große Brünette, die sich sofort auf meine Lehne setzt. Meine Augen sind auf einer Höhe mit ihren Brüsten.

»Wie geht's?«, fragt sie mit einer rauchigen Stimme, ihre Augen lächeln, sie wirkt freundlich, nahbar.

»Gut«, sage ich und spüre, wie schwer meine Zunge ist. Sicher stinke ich, der lange Tag, die vielen Biere. Es stört mich, sie ist eine Frau, ich will nicht, dass sie mich eklig findet, auch wenn sie gleich Geld von mir bekommen wird. Sie beginnt, sich an mich zu schmiegen, ihre Haut ist kühl, ich berühre sie an der Hüfte, spüre, dass ich sie will und nicht will.

Sie stößt sich ab, steht auf und tanzt für mich, ihre Augen locken mich. *Private Dancer* läuft, ausgerechnet, gleich muss doch Woody Allen aus der Kulisse springen, denke ich. Ich sehe mich kurz um, was für eine Blödsinnsidee, ich habe tatsächlich Angst, dass mich Agápi ertappt. Hier am Ende der zivilisierten Welt.

Sie kommt näher, ihre langen Haare gleiten über mein Gesicht, als sie mich von hinten umarmt, in mein Ohr flüstert: »Willst du *private show*?«

Ruben zieht eine Augenbraue hoch, als ich aufstehe, doch ich schüttele beruhigend den Kopf, dann lasse ich mich an der Hand nehmen, und sie führt mich in einen Nebenraum. Nun ist es keine Frage mehr, welcher Art dieses Etablissement ist, ein großes rundes Bett steht mitten im Raum, daneben ein Nachttisch und merkwürdigerweise ein Zimmerspringbrunnen. Die Tapete könnte als Kulisse einem Rosamunde-Pilcher-Film entnommen sein, rosa Rosen auf beigem Grund.

»Wie viel kostet es?«, frage ich leise und komme mir ziemlich blöd vor. Ich habe nur noch wenig Bargeld, aber hier wird es ja sicher einen Automaten geben.

»Entspann dich, Junge«, sagt sie lächelnd und setzt mich auf das Bett, ihr Mund ganz nah. Ich habe so was noch nie gemacht, aber ich weiß, dass sie mich nicht küssen darf, so war das doch in *Pretty Woman,* oder?

»Es macht 150 für den Tanz und die Show in diesem Raum, und dann schauen wir mal.«

150. Diesmal sind es Euro, ich bin mir sicher. Ich nicke als Zeichen des Einverständnisses.

Sie drückt auf einen Knopf, das Licht dimmt automatisch ab, und leise Musik erklingt, wir könnten uns auch im Fahrstuhl eines Berliner Hotels befinden. Sie lässt mich sitzen, tritt einen Schritt zurück und stellt sich in Pose.

Hier in der Abgeschiedenheit erlaube ich mir, sie zum ersten Mal richtig anzuschauen. Ihre Brüste sind klein und wohlgeformt, ihr Po ist rund und weich, doch ich habe schon gesehen, was ich vorhin nicht richtig wahrgenommen habe, sie dreht sich wieder um, und ich sehe die große Narbe, eine riesige Narbe, die sich einmal über ihren ganzen Bauch zieht, sie ist nicht gut gemacht, ich zucke zusammen, weil ich nicht weiß, was ich fühlen soll, ich kann doch kein Mitleid haben mit einer nackten Frau, die vor mir tanzt, das wäre doch etwas zu preußisch-protestantisch. Sie bemerkt, dass ich es bemerke, kommt näher und streift mit ihrer linken Brust mein Gesicht. Ich schließe meine Augen, spüre ihre Haut, spüre, wie sie sich an mich drängt, nehme meine Hände und greife nach ihr, diesmal lässt sie es zu. Sie nimmt meine Hände und legt sie auf ihre Brüste. Ich streichele sie, dann drücke ich fester zu, währenddessen lässt sie ihren String hinabgleiten, ich öffne die Augen wieder, ihre rasierte Scham ist genau vor mir, sie macht mich an, auch wenn ich weiß, dass sie das alles nur tut, weil ich sie dafür bezahle, ich spüre, wie mein Schwanz pocht, sie flüstert: »Willst du mich?«, ich nicke. Ich hoffe, dass der Geldautomat gleich etwas ausspuckt. Dann kommt plötzlich wie ein Schlag das Gefühl, das ich so gut kenne.

Normalerweise enden solche Abende mit einem Hochgefühl, bevor am Morgen danach die Einsamkeit zuschlägt. Heute Nacht aber ist alles anders, weil ich mich in diesem Moment schon so einsam fühle, wie ich es wahrscheinlich auch bin.

# Retour à Bruxelles

## 2016

Warten auf den Pressemann, Sicherheitsschleuse, komische Deko in der Halle, diesmal niederländische, das *Café d'Autriche*, schon geöffnet, viele Bekannte in der Schlange, überlaufende Kaffeetassen, freundliches Kopfnicken, Augen, die auf Blackberrys starren. Es ist viel passiert draußen in der Welt, die Festnahme von Abdeslam, die Kölner Silvesternacht, das Erstarken der Rechtspopulisten auf dem ganzen Kontinent.

Ich lese die Erklärung der EU-Finanzminister und weiß längst, wo sich nichts bewegt hat: hier. Das Thema: Schuldenerleichterungen für Griechenland, das nächste Rettungspaket steht auf der Kippe.

»Griechenland braucht Luft zum Atmen«, sagt der EU-Währungskommissar, der derselbe ist wie vor einem Jahr. Er kommt immer noch als Erster.

»Griechenland muss liefern, das Land muss seine Hausaufgaben machen«, sagt der deutsche Minister. »Der Ball liegt im Feld der Griechen.«

Die Kollegen von der Nachrichtenagentur schreiben mit, als hörten sie es zum ersten Mal. Alain verdreht die Augen und zwinkert mir zu. Wenigstens etwas. Ich könnte kotzen, weil ich weiß, wie die deutschen Minister und Staatssekretäre, diese alten Geldsäcke, mittlerweile in Hintergrundgesprächen über die Griechen lästern, ihre Witze reißen, wie sie nichts gelernt haben über dieses stolze Volk, das am Boden liegt, und ich weiß, dass die ganze beschissene Sentimentalität in mir von Agápi herrührt. Wenn ich Griechenland höre, denke ich nur an sie.

Der Grieche steigt aus dem Bus, der alte Pressesprecher hinterher, als Letzte eine Frau, die nicht Agápi ist. Sie ist blond, hat lange Beine, bei Tinder hätte ich sie nach rechts gewischt. Damals, vor Agápi. Heute habe ich keinen Bock.

»Wir können nicht mehr sparen, Europa muss uns entgegenkommen«, sagt der kleine Grieche, dann rauscht er ab. Es wird eine lange Sitzung, sagt Davide, und diesmal wird er recht behalten.

Als ich im Pressesaal aufwache, im bequemen gelben Sessel, ist es halb drei Uhr morgens, vorne auf dem Podium stehen der Ratspräsident und der Kommissionspräsident und reden offenbar schon seit Minuten.

»... Fortschritte. Wir können die erste Rate der Hilfen überweisen, danach müssen die Griechen aber ihre Reformen vorantreiben. Eine Schuldenerleichterung kommt nicht infrage, besonders die Deutschen sind ...«

Ich stehe auf und gehe hinaus in den Brüsseler Regen.

# Akropolis

## 2016

Als ich die ersten Fotos aus Nizza bei Twitter sehe, unscharfe Schnappschüsse nur, ein weißer LKW, umgerissene Poller, Blut auf dem Gehsteig, fasse ich einen Entschluss.

Das Handy bimmelt Minuten später, ich lasse es klingeln, es hört auf, beginnt wieder, hört auf, beginnt wieder, ich stelle es lautlos. Dann werfe ich Klamotten in meinen Koffer, kurze Hosen, T-Shirts, egal. Draußen feiern ein paar, die es noch nicht gehört haben, den *quatorze juillet*.

Während ich im Bett liege und versuche einzuschlafen, nur ein paar Stunden, sehe ich immer wieder, wie das Handy, das mittlerweile in meinem Rucksack liegt, blinkt. Sie haben noch nicht aufgegeben.

Irgendwann um kurz vor zwei tun sie es doch, ich schlafe ein.

Um fünf Uhr morgens stehe ich auf und nehme das Handy aus dem Rucksack, ganz vorsichtig, als könne es in meiner Hand explodieren. 58 verpasste Anrufe. Es waren beide Redaktionen, Berlin und Paris. Dazu die Eilmeldungen aus der Nacht, die nach und nach aufploppen, die Push-Nachrichten des Schreckens: 10 Tote, 20 Tote, 50 Tote.

Ich nehme erst die Metro und dann die RER B, um kurz vor

sechs bin ich am Flughafen. Ich gehe zum Schalter von *Aegean* und bezahle mein Ticket in bar. Der Flieger nach Athen startet um 08:30 Uhr. Wieder sehen die Menschen neben mir am Abfluggate so übermüdet aus wie ich. Sie haben den Schrecken sicher die ganze Nacht am Fernsehschirm verfolgt. Ich hingegen habe so getan, als würde ich schlafen, um mir selbst vorzumachen, dass mich das alles nichts anginge. Ich kann nicht mehr.

Als Paris im Dunst des frühen Sommertages hinter uns verschwindet, schlafe ich ein, verpasse den Service, die Boutique und wache erst wieder auf, als der Sinkflug beginnt. Unter mir sind die Berge Athens, und dort vorne ist Piräus genau neben dem Meer. Ruben fehlt mir. Ich fliege sonst nie allein.

Es ist so merkwürdig, in diesem Land zu landen, über das ich in den letzten Jahren mehr als über jedes andere Land auf der Welt gesprochen habe. Die Worte kommen mir jetzt so weit weg vor: Finanzstabilitätsmechanismus. Schuldenschnitt. Eurobonds.

Ich war oft in Athen. Habe mit meinen Finanzministern ihren griechischen Amtskollegen besucht. Mit dem schwarzen Bus im Konvoi durch Athen zum Ministerium. Und wieder zurück zum Airport.

Nun stehe ich draußen vor dem Flughafen, spüre die Sonne, bevor ich sie sehe, die Hitze legt sich auf meine Haut, sie erfasst mich, lullt mich ein, macht mich mit einem Schlag müde. Nein, nicht müde. Nur sanfter, südlicher. Als wären die Dinge nicht mehr so wichtig. Alle Dinge.

Heute holt mich kein schwarzer Bus ab. Die gelben Busse stehen in einer Reihe hintereinander mit laufenden Motoren. Nur im ersten sitzen Passagiere, die Türen sind geöffnet, sodass die Abgase ungehindert eindringen können. Die Busfahrer stehen in einer Traube daneben und rauchen, schwatzen, brüllen gar, aber es ist kein aufgeregtes Brüllen, es ist nur ein ganz normales Gespräch im Temperament der Levante, als müssten sie sich der harten griechischen Sonne erwehren, um nicht auch müde zu werden, wildes Rudern der Arme inklusive.

Ich warte, bis sich einer der Männer aus der Traube löst und in Richtung Fahrersitz geht. Erst dann steige ich ein, setze mich in die letzte Reihe, und dann ruckelt das alte Mercedes-Gefährt an, um nur wenige Sekunden später auf die Flughafenautobahn zu biegen, weg von hier über die breite, unendlich weite und leere Autobahn, die sie von europäischen Geldern gebaut haben, mit einer hohen Maut, die kein Grieche bezahlen kann, weshalb die parallele Landstraße immer übervoll ist, hier aber fährt nur der Bus.

Eine halbe Stunde, bis wir uns in die Stadt vorgearbeitet haben. Am Fenster rauschen die gleichmütigen Häuser vorbei, drei-, viergeschossig, weiß und grau, Satellitenschüsseln, kleine Balkone. Jungs fahren auf Rollern am Bus vorbei, ohne Helm versteht sich, und das ganze Leben vorm Fenster sieht so leicht aus, dass ich mich frage, wo überhaupt die Krise steckt, die ich immer gesucht habe. Doch dann, je weiter wir uns der Innenstadt nähern, kommen die ersten Graffiti ins Bild, wilde Kunstwerke, bunt und laut.

*Europe = Crisis.*

*Fuck Merkel.*

*Lost Generation.*

Ich kann kaum den Blick lösen, drehe mich auf der Rückbank nach den Sprühereien um, aber der Ruß aus dem Auspuff versperrt die Sicht. Wir fahren an einem Platz vorbei, auf dem auch Zelte stehen, es ist nur ein kurzer Moment, weil der Bus rast, aber ich kann einen Blick auf Frauen mit Kopftüchern werfen, auf kleine Kinder und Männer in großen Gruppen, dann ist es vorbei. Drei Minuten später spuckt der Bus uns alle am Syntagma aus.

Ein Schnaufen, die Tür schließt sich, und er fährt ab. Ich stehe auf diesem großen Platz, hier der abgestellte Brunnen, ja, die Krise, dort die Menschen, die in die U-Bahn strömen, dort vorne das Parlament, dieser Bau, dessen Rollläden immer heruntergelassen sind. Die ganze Welt kennt dieses Haus. Das Symbol für die Krise.

Die nächtelangen Sitzungen des Parlaments über die Frage, ob noch mehr gespart werden kann, ein Raufen, ein Schreien, es geht um die Existenz der Bürger. Für so viele ums nackte Überleben. Die Bilder von den jungen Männern mit den Motorradhelmen, die sich mit Polizisten schlagen, die genauso martialisch aussehen. Holzstöcke gegen Molotowcocktails. In Brüssel sahen wir diese Bilder und schüttelten den Kopf. Deutsche Politiker sagten hinter vorgehaltener Hand: diese Wilden. Wir Journalisten lachten. Oder grinsten wenigstens.

Ich habe Hunger, gehe über den Platz und kaufe bei einem Händler ein rundes Sesambrot, das ich in Stücke reiße und gierig esse. Dort, an der Ampel, stehen zwei alte Leute und betteln, jeder für sich, und doch sehen sie aus wie ein Ehepaar.

Ich weiß nicht, wo ich anfangen soll. Besser: wie ich es anfangen soll. Ich weiß, dass sie meine Anfrage bei Facebook nicht sofort sehen würde. Wir sind nicht befreundet. Und ihr plump eine neue Freundschaftsanfrage schicken? No. Ihre Handynummer gehörte zum Ministerium. Ich hatte es vorhin probiert noch im Flughafen. Mit zitternden Händen. Ein Mann hatte abgenommen. Er hatte nicht geklungen, als sei er ihr Liebhaber. Alt und behäbig. Keine Gefahr, er wird ihre Nummer übernommen haben. Ihr Twitter-Account ist gelöscht, bei Instagram ist sie auch nicht.

Als ich ein Pärchen mit Strandtaschen bewaffnet auf ein

Motorrad steigen sehe, rieseln die Worte vom Montmartre durch meinen Kopf wie alter Staub.

Ich gehe über den Syntagma, steige die steinernen Stufen zur Metro hinunter und muss nur zwei Minuten auf einen Zug warten. Innen ist es laut, mehrere Gruppen alter Frauen unterhalten sich in diesem frenetischen Singsang, sie fallen sich gegenseitig ins Wort und wiederholen phrasenhaft immer dieselben Wendungen – der Klang des Südens. Ich kann nur wenig verstehen, aber diese Liebe zum Ausdruck, zum Spiel mit sprachlichen Finessen, die kann ich erkennen. Ein Bettler geht auf und ab und erzählt seine Litanei, Passagiere werfen kleine Beträge in seinen Pappbecher. In einem Vorort steigen viele aus, die Abteile werden leerer, jünger, denn es steigen Jugendliche ein, auch sie mit Strandtaschen, ein hübsches, nasengepierctes Mädchen hat auf den Ohren dicke Kopfhörer sitzen.

An der Endstation steige ich aus. Als ich aus dem Bahnhof trete, beginnt unmittelbar der Hafen. Ein unwirklicher Moment. Weil die stickige Luft aus der Innenstadt in der Metro mitgefahren ist und nun abgelöst wird vom Seetang, den Möwen und dem Fischgeruch, der hier über die Straße wabert.

Die riesigen Pötte zu den Inseln und nach Afrika stehen in Reih und Glied wie die Überbleibsel einer alten Seemacht, in der die Reeder die Letzten sind, die Geld verdienen.

Ich kann meinen Blick nicht abwenden, das alles kommt mir als Kind aus einer Stadt weit weg vom Meer so exotisch und fremd vor und kitzelt zugleich mein Fernweh. Nicht dieses professionelle »Der Geschichte hinterherjagen«-Fernweh, sondern das andere, das tief in mir steckt und mir gleichzeitig schlimme Bauchschmerzen macht, denn hier, in der Fremde, die ich nun gefunden habe, kann ich mich nicht hinter meinem Presseausweis verstecken.

Ich lasse die Schiffe zu meiner Rechten liegen und schlage mich durch, den Blick nur selten aufs Handy gerichtet, ich folge einer kleinen Wohnstraße gen Süden, dort weiter hinten müssten die kleinen Buchten sein, von denen aus man den Hafen nicht mehr sieht, weil sie vorgelagert sind. Es sind einfache Wohnhäuser aus der Neuzeit, die hier stehen, in denen diejenigen wohnen, die am Hafen ihr Geld verdienen. Oder verdienten.

Keine zehn Minuten dauert es, dann verändert sich die Szenerie wieder. Wird ruhiger, sonniger, bis da nur noch Rauschen ist.

Ich erkenne die Taverne schon von weitem, die blaue Markise. Dann die kleine Kapelle auf dem Felsen, die ihren Namen auf einem Schild trägt: *Agios Nikolaos*. Die griechische Flagge hängt stolz daneben, auf dem Hügel darüber das große Holzkreuz, das man selbst auf den Schiffen weit draußen sehen kann.

Ich klettere die großen Felsbrocken hinab, aufgereiht liegen kleine Fischerboote und dann ein Stück Strand, ich kann sie spüren, bevor ich sie sehe, als wäre ihre Anwesenheit in mir so stark oder als forme sie jeden Ort, an dem sie ist, als bringe sie eine Aura mit, ich weiß, dass das Quatsch ist. Dass ich mir das nur einbilde, wahrscheinlich, weil ich so lange ohne sie sein musste, durch mich, durch meine eigene Schuld.

Sie liegt auf einem Felsen, dort vorne, wo keine Boote mehr ankern, lang ausgestreckt, in einem Bikini, sie hat kein Handtuch untergelegt, sondern gibt sich dem Felsen von unten und der Sonne von oben ganz hin. Wenn eine Welle ganz keck ist wie diese jetzt, dann leckt sie an ihren Füßen. Sie hat die Augen geschlossen, neben ihr stehen eine kleine, rot-weiß gestreifte Strandtasche und eine Flasche *Zagori*-Wasser, daneben liegt ein Buch, ich kann den Einband nicht erkennen.

Ich nehme mir die Zeit und betrachte diese Szene, präge sie mir ein, weil ich sie mein Lebtag nicht mehr vergessen will, ich nehme mir vor, sie nicht mehr zu vergessen, weil sie der Beginn von etwas sein könnte, das wir dann – so plump es klingen mag – noch unseren Enkeln erzählen.

Sie ist ganz allein, und alles an ihr, an ihrer Art, macht auf mich diesen Eindruck: dass sie sich selbst genug ist. Sie sieht so gleichmütig und gelassen und selbstbewusst aus, im besten Sinne des Wortes: ihres Selbst bewusst.

Ich weiß nicht, ob meine Beine mir gehorchen, doch, sie laufen los, gehen Schritt für Schritt auf sie zu, alle Überlegungen, was die ersten Worte sein könnten, die ich seit Monaten anstelle, waren ohnehin Unfug, dieser Moment ist nicht dazu angetan, große Reden zu halten, das spüre ich jetzt. Kurz bevor ich bei ihr bin, um irgendetwas zu sagen, setzt sie sich auf, nimmt ihre Flasche Wasser, schraubt sie auf und setzt an, um zu trinken, dann erblickt sie den sich bewegenden Schatten, der ich bin, sie trinkt trotzdem, und erst dann beschirmt sie ihre Augen mit der Hand und ohne ein langes Zeichen des Erkennens sagt sie lächelnd:

»Du bist hier.« Sie nickt. »Nicht eine Sekunde zu früh«, fügt sie hinzu.

Das Rätsel dieses Satzes fährt mir ein.

Ich stehe vor ihr, aus geologischen Gründen ein wenig höher als sie, ich weiß nicht, was ich tun soll, sie umarmen, sie küssen, sie an mich drücken, ich tue nichts davon, ich bleibe einfach stehen, regungslos.

Sie steht auf, fasst mich an den Schultern, hält mich ein Stück von sich weg, ganz bewusst, als prüfe sie mich, und genau das tut sie, dann lacht sie:

»Gut siehst du aus, ein bisschen blass vielleicht. Aber das ist schnell vorbei hier. Los, lass uns schwimmen.«

Sie sagt es, dann springt sie. Ohne ein weiteres Wort. Ohne ein Zögern. Sie springt, und ich folge dieser fließenden Bewegung, sehe, wie sich das Wasser teilt, dieses blaue, kristallklare Wasser mit den grünen Sprengseln, sehe, wie die Boote ringsum hüpfen, als Agápis kleine Wellen sie anheben, ich sehe, wie sie unter Wasser taucht, pfeilschnell, immer geradeaus, dem offenen Meer entgegen, und erst dann kommt sie wieder an die Oberfläche, ihr dunkles Haar nun ohne Locken, sondern dick und glatt und schwarz, sie dreht sich um und ruft mir zu:

»Nun komm schon ...«

Ich lache sie an und ziehe mir das T-Shirt über den Kopf und meine Hose aus und fühle mich selber blass und mager und voller Makel, und dann lacht sie und sagt: »Los.«

Und ich streife meine Boxershorts ab und halte mir wirklich die Hand vors Geschlecht, und erst dann springe ich ins Wasser und möchte schreien, weil es so kalt ist, aber das vergeht in Sekundenbruchteilen, und dann tauche ich immer weiter, mit offenen Augen, bis ich sie erkennen kann in dieser Unterwasserwelt, ich sehe sie, nackt wie sie ist, ganz klar, nur der fluoreszierende Schimmer von der Sonne von oben, der das Blau flimmern lässt, und sie, dieser Moment ist nur schön, es gibt keinen Reflex, über ihren Körper nachzudenken, nur die Feststellung der absoluten Reinheit und Anmut, dann greife ich nach ihrem Bein, spüre ihre Gänsehaut, und dann tauchen wir beide auf, zusammen, die Sonne taucht ihr Licht in bunte tanzende Lichter, und dann ist sie ganz nah vor mir, so nah, dass ihre Augen unscharf werden, und ich küsse sie. Sie lässt es geschehen, und immer wieder kommen kleine Wellen und überspülen unsere Münder, doch wir wollen nicht aufhören, wir können nicht, obwohl wir schlucken und ich husten muss. Wir küssen uns, wir halten einander, weil es gar nicht anders geht. Wir strampeln im Wasser, sie aus Freude, ich, um nicht unterzugehen.

Ich schaue sie an, die Locken sind zusammengefallen im Wasser, aber ihr Gesicht ist so schön, wie ich es in meinen Träumen gesehen habe, noch brauner natürlich, es ist Hochsommer in Athen, und sie sieht aus wie eine Indianerin.

Sie löst sich, taucht unter und stößt sich im Wasser weg von mir, immer geradeaus hinaus aus der Bucht ins offene Meer. Ich bin ratlos, ängstlich, aber was soll ich tun? Es gibt nur dieses Leben, nur diese Chance, nur diese Frau. Ich lege mich aufs Wasser, lasse mich tragen und kraule hinterher, hinaus aus der Bucht, dorthin, wo die Steine aufhören und auf einmal ein Rauschen beginnt, dort hinten kommt ein Containerschiff, das Rauschen wird überlagert von einem Brummen.

Agápi hört erst auf, als sie weit draußen ist, nun liegt sie auf dem Rücken auf dem Meer und schaut nach oben, ich kann nicht erkennen, ob ihre Augen geöffnet sind. Ich kraule wie ein Besessener, will schnell bei ihr sein, und doch dauert es lange Minuten, dann strample ich neben ihr im Wasser, während sie ganz still daliegt.

»Es tut mir leid«, sage ich, »aufrichtig leid. Wirklich.«
Ich zerfließe, löse mich auf, hier im kalten Meer.

Sie liegt immer noch da, es scheint, sie hat mich nicht gehört, weil ihre Ohren unter Wasser sind.

Nach einer Weile, in der nur die winzigen Wellen zu hören sind und zwei Möwen, die dort oben im Flug einen Kampf ausfechten, sagt sie leise: »*Efaristo.*« Danke.

Mich überflutet eine Welle des Glücks, was ein ziemlich behämmertes Bild ist, schließlich treiben wir mitten im Meer, aber doch, das trifft es, es kommt wie eine Welle über mich, und als ich fühle, dass mir die Tränen über die Wangen laufen, tauche ich schnell unter, damit sie es nicht sieht.

Als ich wieder auftauche, ist sie schon ein Stück entfernt, ich bin abgetrieben, denke ich, nein, sie ist es, die sich bewegt, sie lässt sich auf einen Felsen zutreiben, der einsam draußen in der Bucht liegt, einen schmalen, aber glatten Felsen, den sie erklettert, als sei es ihrer.

Sie winkt mir zu, ich folge ihr, versuche zu erkennen, ob dort unten am Fels Seeigel lauern – als Kind hatte ich mal einen im Fuß, ich erinnere mich an das Gefühl nicht mehr, aber wie das so ist mit Schmerzen, die einen als Kind ereilt haben, man meidet sie für immer. Als ich sicher bin, dass ich nicht sicher bin, sehe ich sie, wie sie sich langsam dort oben ausbreitet, und stelle meinen Fuß an den Fels, ziehe mich mit den Armen hoch und lege mich dann völlig erschöpft neben sie.

Nein, nicht das Schwimmen, nicht das Klettern, mein Geständnis hat mich erschöpft. Sieben Wörter. Für einen Verrat. Meinen Verrat.

Sie hat die Augen geschlossen und atmet ruhig. Ich streichle mit meiner Hand sanft über ihre, verstreiche die letzten Tropfen des Salzwassers. Sie regt sich nicht, und so lasse ich meine Hand auf ihrer Haut ruhen. Langsam gleicht sich mein Atemrhythmus ihrem an, und ich spüre ihre Nähe, während ich einschlafe.

# Hello und Goodbye

## 2016

Wir erwachen beinahe gleichzeitig, vielleicht bin ich einen Moment vor ihr wach, sehe, wie sie sich noch räkelt, beobachte ihre Bewegungen.

Es ist die Stunde, die ich im Süden am liebsten habe. Wenn es nicht mehr Nachmittag ist und noch nicht Abend. Die kleine Kirche und die Pinien werfen lange Schatten, die Hitze des langen Tages strahlt vom Felsen ab, wütende Hitze, scharfe Kontraste. Wenn ich mit meiner Geliebten das erste kalte Bier am Strand trinken könnte – ich habe so lange keinen Urlaub mehr mit einer echten Geliebten gemacht, dass ich beinahe vergessen habe, dass dies meine liebste Stunde im Süden ist. Jetzt weiß ich es sofort, die Erinnerung kommt zurück, und ich bin dankbar.

Sie lächelt mich an, hat mich beobachtet, ich weiß nicht, ob ich einige Sekunden oder Minuten sinniert habe. Keine Ahnung, wann ich mir zuletzt etwas wirklich für mein Leben gewünscht habe, aber jetzt wünsche ich mir, dass sie meine Geliebte ist.

»Ich habe Durst«, sage ich, »auf einen kalten Wein. Oder ein kaltes Bier.«

»Oh ja«, sagt sie und lacht, »oh ja, wie gut das klingt.«

Mit einem Mal ist sie auf den Beinen, und dann springt sie ins Wasser, ohne vorher innezuhalten, mit einem grazilen Kopfsprung, taucht ein und gleitet, ich kann sie von hier aus sehen, mit einer schwungvollen Linie unter Wasser immer weiter in Richtung Küste.

Ich springe hinterher, bevor sie auftaucht, bevor sie sehen kann, dass es bei mir nicht halb so gut aussieht, und kraule ihr hinterher.

Das kalte Wasser belebt mich, kühlt meine roten Stellen auf der Haut, die der späte Mittagsschlaf hinterlassen hat. Wie lange lagen wir wohl so da? Eine Stunde? Zwei?

Sie lässt sich Zeit, lässt mich aufholen, ich kraule, will sie von hinten greifen, sie dreht sich gerade noch rechtzeitig um und spritzt mit Wasser nach mir, spritzt mit vollen Händen, dass ich die Augen schließen muss, und sie lacht, und ich lache, und endlich fallen wir uns in die Arme.

Die nächsten Minuten, im warmen flachen Wasser, wir selbst lange Schatten, sind episch. Kleine Fische umschwirren unsere Füße, und wenn ich später an diesen Augenblick denke, werde ich immer an diese Fische denken. Hand in Hand steigen wir aus dem Meer, sie geht zu dem Felsen und nimmt ihre kleine Tasche, reibt sich mit ihrem Handtuch ab und reicht es danach mir. Wir kleiden uns an, und sie greift wieder meine Hand, die ich nicht mehr loslassen will. Sie nimmt mich mit hinüber in das Restaurant, das mir den Weg gewiesen hat, die Taverne mit der hellblauen Markise vis-à-vis der kleinen Kirche.

Die Wirtin kommt, sie nickt Agápi zu, sie ist keine Fremde hier, so viel ist sicher. Mich beachtet sie nicht.

Die Frau, von der ich mir wünsche, dass sie meine Frau ist, bestellt auf Griechisch, schnell und selbstsicher, ich habe kein Wort verstanden. Schon eine Minute später kommen das Brot, das Öl, das Wasser. Ich stürze mich auf die mehlbestäubten Scheiben, tropfe Öl auf den Teller und Salz und Pfeffer. Ich spüre, wie hungrig ich bin, wie mich der Tag gefüllt hat mit Lust und Leben und Hunger. Sie sieht mir zu, wartet, bis auch der Wein da ist, in einer Karaffe, zwei kleine Gläser dazu, sie gießt uns ein, genießt sichtlich den Moment der Stille, dann stoßen wir an, sehen uns an, kosten, trinken.

»So«, sagt sie, »sag mir, warum bist du gekommen?«

Ich überlege, obwohl es dazu keinen Grund gibt.

»Ich bestehe nur noch aus Angst«, sage ich schließlich, »seitdem du weg bist. Aus Angst, zu spät zu kommen.«

Sie lächelt, als sie das hört, und ich kann das Lächeln nicht richtig deuten, es wirkt irgendwie verschlossen, vielleicht eine Spur traurig, oder ich bilde mir das ein, weil ich jetzt selbst traurig werde, weil ich spüre, dass es meine Schuld ist. Diese Schuld, die die härteste ist, weil sie mir am meisten wehtut, und gleich weiß ich wieder, dass das ja wohl noch jämmerlicher ist, diese Egomanie. Später werde ich ihren Blick verstehen.

»Aus Angst, dich zu verpassen«, fahre ich fort, während ich ihren Blick noch immer meide, lieber hinausschaue aufs Meer, in dem wir uns eben noch geküsst haben. »Ich hab mit dir Dinge erfahren, die ich vorher nicht kannte.«

»Was denn?«, fragt sie. Ich spüre, dass ich mit der Sparflamme von damals nicht mehr weiterkomme. Diesmal ist es an mir.

»Eine Selbstverständlichkeit. Weißt du, in Berlin ist alles sehr beliebig. Nein, vielleicht nicht mal das. Sondern eher ein großes Spiel. Nimmst du den kleinen Gewinn, oder kommt noch ein größerer Jackpot? Du bist ständig auf der Suche, ein wahrer Run den ganzen Tag. Im Job und privat. Kommt morgen noch ein besserer Auftrag? Eine bessere Frau? Und weil das die Gegenseite auch so macht, passiert nie etwas Verbindliches, du kannst dir nie sicher sein.«

»Spannend«, geht sie dazwischen, »dass du die Frauen als Gegenseite siehst.«

»Merkst du?«, sage ich und muss lachen, weil sie recht hat. »Das macht etwas mit dir. Also mit mir, meine ich. Ich investierte nichts mehr, ich wartete ab. Fing an, immer weiter zu spielen. Mit immer größeren Einsätzen. Und irgendwann hab ich gespürt, dass ich den größten Einsatz schon gebracht habe.«

»Und der wäre?«, fragt sie, weil ich eine Weile schweige, einen Schluck Wein nehme.

»Etwas wirklich Großes zu verlieren. Jemanden, der all das noch nicht drangegeben hat. Dich. Deine Aufrichtigkeit. Deinen Enthusiasmus. Denn das ist es doch, was die Liebe ausmacht. Mit diesem unglaublichen Enthusiasmus daran zu gehen. Scheiß auf morgen! Heute ist wichtig. Ich muss dich heute sehen, küssen, mit dir sprechen. Genau das hast du verkörpert vom ersten Augenblick an. Ich hatte das seit Jahren nicht mehr. Erst durch dich habe ich diesen Enthusiasmus auch wieder in mir gespürt, du hast ihn herbeigezaubert.«

»Ging es dir also nur um dein inneres Gefühl? Oder auch ein bisschen um mich?«, fragt sie, und ich fühle mich ertappt.

»Klar«, sage ich schnell. »Ich bin verliebt in dich. Seit der ersten Nacht.«

Sie betrachtet mich nicht mehr wie ein großes Rätsel, ihre Züge lockern sich, und sie nimmt ihrerseits einen großen Schluck Wein. Dann steht sie auf, kommt um den Tisch herum, ich stehe auf, und sie nimmt mich in den Arm.

Sie hält mich, ich halte sie, minutenlang stehen wir so da, sie, den Kopf an meine Brust gelehnt, dass mich ihre Locken in der Nase kitzeln, einmal kommt die Wirtin heraus mit unseren Tellern, ich gebe ihr mit den Augen ein Zeichen, und sie geht wieder hinein und lässt uns allein.

Nach Ewigkeiten löst sich Agápi von mir, und wir setzen uns wieder. Sofort biegt die Wirtin um die Ecke und stellt den Salat vor uns auf den Tisch, *Choriatiki,* Tomaten, Gurken, Zwiebeln, Paprika, Oliven, Schafskäse in rauen Mengen. Danach bringt sie einen riesigen Fisch, dunkle Grillspuren überziehen seinen silbrigen Leib.

Die Wirtin fragt, ob sie ihn ausnehmen soll, aber Agápi schüttelt heftig den Kopf, sagt immer wieder: *Oxi, oxi,* als wäre sie beleidigt, nein, sie will es natürlich selber machen, ihn anrichten für uns, nur so wird er ein wahres Liebesmahl, und ich freue mich.

Der Hunger, der Duft, die Aussicht auf frischen Fisch, auf Salat, schwächen unsere Diskutierlust, sie wechselt das Thema, spricht über diesen Felsen, auf dem sie seit Tagen liegt, immer nachmittags, während wir vom Fisch kosten, immer weiter essen und reden, ich frage nicht nach, womit sie ihre Vormittage verbringt, ich möchte nicht erfahren, was sie macht, nachdem sie offensichtlich nicht mehr im Ministerium arbeitet. Wegen mir. Wegen meiner Schuld. Noch traue ich mich nicht.

Als nur noch Gräten auf dem Teller liegen und ich mich zurücklehne, befriedigt vom Essen und hungrig nach ihr, sagt sie: »Ich habe noch nie jemanden wie dich kennengelernt.«

»Wie meinst du das?«

»Jemand, der mit sich selbst so im Unreinen ist, sich ständig hinterfragt, die ganze Zeit kritisch mit sich selbst ist, jede Minute sucht, auf Sicht fährt. Und dabei von außen betrachtet«, jetzt lacht sie, »so in Ordnung ist. Geradezu liebenswert.«

Ich kann nichts sagen. Ihre Analyse fährt mir in den Körper.

»Ich sage *geradezu liebenswert,* weil ich spüre, dass du das gar nicht wahrnimmst. Wie liebenswert du bist. Einfach wegen dir. Wegen deiner Persönlichkeit. Und du musst gar nichts dafür tun. Dich nicht aufspielen, dich nicht größer machen mit deinen wahnsinnigen Storys. Du musst nur sein, wie du bist, dann bist du ein Riese.«

Ich spüre, wie es mich überkommt, und wische mir schnell über die Augen. Noch nie hat irgendwer so etwas zu mir gesagt.

Sie lächelt. »Komm, ist gut, es ist Zeit, wir fahren.«

Sie duldet keinen Aufschub. Geht hinein, um die Rechnung zu begleichen, dann zieht sie mich hinter sich her zur Straßenecke, dort steigt sie auf einen kleinen roten Roller.

»Komm«, sagt sie, »nun komm schon.«

»Ich habe keinen Helm«, sage ich.

»Ich auch nicht«, sagt sie lachend. »Niemand hier. Pleite und helmlos, so ist Griechenland. Na komm, mach schon, wir werden alle sterben. Aber nicht heute.«

Sie braust los, kaum sitze ich hinter ihr. Ihre Locken flattern mir ins Gesicht, als wir hinter dem Hafen auf die große achtspurige Straße in die Innenstadt biegen. Sie rast, wird an roten Ampeln nur kurz langsamer, dann fährt sie sofort wieder an, es ist eine Jagd hinein nach Athen, nur einmal müssen wir wirklich halten. Sie nimmt meine Hände vom Rücksitz und legt sie sich um den Bauch, hält sie dabei für einen Moment fest und drückt sie, dass ich unter ihrem weißen T-Shirt ihre warme Haut spüre. Vollkommen.

Es wird dunkler und dunkler, gleich, in 20 Minuten, wird

die Sonne verschwunden sein. Kurz vor Syntagma braust sie nach links, hinein nach Plaka, nun fahren wir langsamer durch die engen Straßen, immer wieder kreuzen Fußgänger unseren Weg, Touristen, Flaneure, zweimal muss sie Slalom fahren, ein Katzenjunges läuft seiner Mutter hinterher, ein Hund schießt plötzlich hinter ein paar Mülltonnen hervor.

Sie parkt auf einem kleinen Platz voller Oliven- und Orangenbäume, dann nimmt sie mich wieder bei der Hand, und wir gehen in einen Hauseingang, so schnell, dass ich das Schild nicht lesen kann. Wohnt sie hier?

Sie winkt jemandem zu, der sie durchlässt, dann gehen wir zwei enge Treppen hinauf, treten durch eine Tür und stehen auf einer großen Dachterrasse. Ich bin sprachlos. Der Film hat eben begonnen, eine große Leinwand, davor knapp 100 Regiestühle. Und Bänke, eine Bar. Über der Leinwand, weit darüber, aber doch so klar, dass das Auge nur dort Halt findet, die Akropolis, angestrahlt, als habe Gott höchstpersönlich das Licht ausgerichtet.

Sie spürt, wie es mich umhaut, drückt sich an mich und flüstert:

»Es heißt *Cine Paris*«, und dann gluckst sie, als habe sie einen besonders guten Witz gemacht. »Wirklich *Cine Paris*, und ich wusste, dass es dir gefällt.«

Sie hat recht. Was für ein Ort.

Ein Freiluftkino unterm größten Bauwerk der Antike, das auf einem Felsen über der Leinwand schwebt.

Der Film spielt ausgerechnet in Berlin, ein Klamauk-Thriller über die Zeit des Kalten Krieges, die Mauer steht noch, die Handlung ist lau, aber sie ist uns egal, weil der Abend glüht wie wir, unsere Hände wandern, und unsere Münder und wir sind vereint in dieser Unendlichkeit, als wäre es wieder das erste Mal.

Mehrmals werden uns von der Bar Getränke gebracht, die wir nicht bestellt haben, Agápi scheint hier jeden Abend zu sein, und der Barkeeper, der auffällig oft zu uns kommt, verschlingt sie mit den Augen. Aber sie lässt sich nicht beirren, sie ist hundertprozentig auf mich gepolt, und als die Leinwand dunkel wird, stehen wir sofort auf, sie winkt ihm einmal zu, und dann gehen wir die Treppe hinunter, hinaus auf den Platz, auf dem die Wirte ihre Restaurants langsam schließen, die Stühle hochstellen, die Katzen mit letzter Milch versorgen, sie aber zieht mich in ein Haus um die Ecke, im Hauseingang küssen wir uns, sie scheint noch nicht hochgehen zu wollen, sie atmet schwer, zögert, küsst mich wieder, als wolle sie gleich hier mit mir schlafen, greift unter mein Shirt, berührt meinen Hintern, drängend. Dann endlich seufzt sie, und wir steigen die Treppe hinauf, zwei Etagen, sie dreht den Schlüssel, und wir treten ein.

Als sie das Licht einschaltet, verstehe ich ihr Zögern. Die Wohnung ist leer. Da steht nur ein Schrank, die Türen weit offen, leer. Und ihr Bett, auf dem ein kleines Kissen und eine dünne Decke liegen.

Ansonsten nichts. Keine Kommode, kein Bild an der Wand, kein Glas in der leeren Küchennische. Bloß noch zwei Koffer im engen Flur.

»Was ...«, will ich fragen, aber sie tritt an mich heran und legt mir die Hand auf den Mund.

»Ich konnte es dir nicht sagen«, sagt sie und schaut mich fest an, »ich konnte nicht, weil ich es nicht wollte. Ich wollte mich selbst nicht um diesen Abend bringen. Um diese Nacht mit dir. Ich wusste, dass dieser Moment kommen wird. Deshalb sind wir erst jetzt hergekommen. Es geht nicht anders. Ich sage es ganz offen: Wenn du jetzt gehen willst, dann geh, ich könnte es verstehen. Ich möchte aber, dass du bleibst.«

»Was machst du?«, frage ich.

»Ich gehe. Das Abenteuer ist over. Das große Leben in der Stadt. Die große Welt. Ich bin durch damit. Es war schön. Und nun ist es vorbei.«

»Wohin ...«

»Ich gehe zurück nach Ioannina. Morgen Mittag fährt mein Zug. Der Umzug ist schon gemacht. Er hat ihn gemacht.«

Mein Herz tut einen Stich, als hätte sie mich niedergestochen.

»*Er* ist Aris?«

Sie nickt.

»Es ist so merkwürdig, wenn du seinen Namen sagst. Ja, Aris. Er hat mich zurückgenommen. Ich habe ihm geschrieben vor einigen Monaten, als es mir schlechtging. Als ich hier saß und nicht wusste, was ich tun sollte. Er ist gekommen, wir haben in dieser Wohnung gelebt, ein paar Wochen, aber ich habe ihm angesehen, dass er hier eingeht. Trotzdem wäre er hergezogen, für mich. Ich konnte es nicht verlangen. Und ich wollte es auch für mich selbst nicht. Vielleicht hätte ich es hier geschafft, hier oder in Brüssel, Berlin oder London. In Paris nicht, niemals, wegen dir. Aber ich habe gespürt, dass mein Herz ein Zuhause braucht. Ich gehe zurück und werde den Laden meiner Eltern führen, und Aris und ich werden zusammen leben. Wir werden eine Familie.«

Sie schluckt.

»Tut mir leid, dass ich es so klar sage. Ich will dich nicht anlügen, dir nichts verschweigen, dazu habe ich dich zu gern. Und du bist zu klug, um es nicht zu verstehen. Bevor du es dir allzu bunt ausmalst, sage ich es lieber.«

»Liebst du ihn?«

»Liebe ich dich? Vielleicht. Ja. Je länger du weg warst, desto mehr vielleicht. Liebe ich ihn? Eines Tages bestimmt wieder. Nach unserem Abschied, deinem und meinem, wird es mir möglich sein, glaub ich.«

»Da gratuliere ich …«

Ich will es zurücknehmen, aber es geht nicht. Ich bin zu verletzt.

»Ach, komm«, sagt sie, ein bisschen wütend, nur einen Moment, dann hat sie sich wieder. »Ich habe nie gegen dich gewütet. Nie. Dabei hast du den Weg bereitet dafür, dass nun meine Koffer gepackt sind. Vielleicht hätte ich die Leere der Stadt nie gespürt, wenn ich weiter auf Reisen mit dem Minister gegangen wäre, wäre aufgegangen in dieser Scheinwelt aus Reisen und Pressekonferenzen und Meetings und One-Night-Stands. Vielleicht wären wir zusammen, würden eine Fernbeziehung führen, pendeln, bis du mich satthättest und irgendein Pariser Ding vögeln würdest in einer besoffenen Nacht in unserer gemeinsamen Wohnung in Batignolles. Stattdessen hast du dafür gesorgt, dass sie mich gefeuert haben, und dann habe ich hier gesessen und musste mir einen richtigen Job suchen und das wahre Leben wiedersehen, und nun gehe ich in meine Stadt zurück zu meinen Leuten und meinen Träumen. Den kleinen Träumen.«

Sie hat sich in Rage geredet, nun laufen ihr die Tränen die Wangen herunter, und sie weint und schluchzt, und ich nehme sie in den Arm, und sie bringt mühsam hervor: »Aber ich bitte dich, schenk uns noch diese Nacht. Die letzte Nacht in der großen Welt, die großen wilden Träume. Bevor die kleinen schönen Träume kommen.«

Sie küsst mich, ich küsse sie, wir sinken auf ihr Bett, strampeln die Decke weg, entkleiden uns, und gleich darauf dringe ich in sie ein und versinke in ihr und spüre, wie ich mich auflöse, ganz und gar in ihrem Körper, der vollkommen ist wie ihre Seele.

Später in der Nacht, draußen sind die Stimmen verklungen, sagt sie:

»Du wirst die kleinen Träume auch haben, die kleinen schönen Träume, ich spüre es, ganz bestimmt.«

# Von Oranienburg nach Schönwalde

## MAI 1945

Die Panzersperre nach Westen ist weg, die deutschen Soldaten sind verschwunden. An ihre Stelle sind russische Soldaten getreten, die wirr durcheinanderlaufen, so wie heute alle Menschen wirr durcheinanderlaufen.

Jan erblickt das Fahrrad als Erster. Es ist ein Herrenfahrrad, darauf sitzt ein junger Mann mit einer Kappe. Ich sehe Jan zum zweiten Mal lächeln. Das erste Mal war, als er mich in seinem Anzug sah. Doch nun erblicke auch ich die Fahne, die mir nichts sagt. Blau-Weiß-Rot. Jans Gesicht sagt mir, dass es die holländische Fahne ist. Mir wird das Herz eng.

Die beiden Männer sprechen kurz, dann dreht sich Jan zu uns um.

»Ich gehe mit meinem Landsmann nach Westen, wir versuchen, nach Hause zu kommen.«

Niemand fragt etwas, aber ich spüre, wie die Blicke der anderen auf mir ruhen. Ich sage nichts. Ich denke an Fritz, meinen Vater.

Ich gebe Jan die Hand. Er schüttelt sie, wir verabschieden uns, kürzer, als es angemessen wäre, aber sein Landsmann drängt zur Eile. Ich weiß nicht, wie sie es machen wollen – den ganzen Weg nach Holland, und Jan sitzt auf dem Gepäckträger oder auf der Stange? Ich habe keine Ahnung, wie weit Holland weg ist. Wir sind in einer Woche nur bis Schwerin gekommen.

Ich sehe ihnen nach, wie sie davonfahren. Es schmerzt nicht richtig, weil es zu viel gibt, das schmerzt – da ist das nur noch ein Tropfen mehr in diesem übervollen Kriegsfass.

Ich kann den großen Anzug nicht mehr tragen, die Hose rutscht, ich verschwinde in dem Sakko. Ich ziehe das weiteste Kleid an, es ist schwarz, und ich sehe darin so blass und erschöpft aus wie eine Vogelscheuche. Nur den Kopfverband aus Jans Hemd lasse ich um. Sein Duft hängt noch darin, von Tag zu Tag verflüchtigt er sich mehr, bis nichts mehr davon übrig ist.

Als wir nach Schönwalde kommen, ist im Dorf nichts mehr, wie es war. Die meisten Häuser sind leer, wir sind so ziemlich die Ersten, die zurückgekehrt sind.

Die Nachbarn sind geblieben, sie erzählen uns, dass die Russen drei Wochen in unserem Haus gewohnt haben. Sie haben mit ihren Bajonetten die Türen abgeschlagen, ich habe keine Ahnung, wieso. Die Pferde haben sie im Garten angebunden, die Überreste des Hafers sind auf den Boden gefallen, sodass nun in unserem Garten das Getreide schon aufgegangen ist. Wir haben zwei Klosetts im Garten, dennoch haben die Russen unsere Kochschüsseln benutzt, um sich zu erleichtern.

Als ich ins Bett gehe, denke ich nicht an Jan. Ich habe Angst, dass sie wiederkommen. Aber sie kommen nicht wieder, nicht heute und nicht an einem anderen Tag. Aber Fritz kommt wieder, an einem Tag im Herbst. Er ist unversehrt. Wir erzählen nichts von Holland, nichts von Edda, der Schleier des Schweigens liegt über diesen vier Wochen, die wir erst nach Norden gelaufen sind und dann wieder nach Hause.

# Kopf und Herz

## 2016

Mist«, ruft sie, als sie aufwacht und es ihr nicht gelingt, sich aus meiner Umarmung zu befreien. Meine Hand liegt auf ihrem Bauch, und ich beginne, sie zu streicheln, kaum dass ich durch ihre Unruhe wach werde.

»Es ist spät«, sagt sie und windet sich doch hinaus, richtet sich auf und steht sogleich nackt neben dem Bett. Ihr Anblick wird mich durch die nächsten Monate tragen: ihr flacher Bauch, ihre Brüste mit den dunklen Brustwarzen, ihre dunklen Beine und die Scham, die ich aufgesogen habe, gestern Nacht, als würde es kein Morgen geben – so ist es ja, verdammt, es ist unser letzter Morgen.

Ich drehe mich noch mal um, versuche, diesen Moment festzuhalten, doch das Licht des Tages ist längst eingedrungen, vertreibt die Intimität der Nacht. Die Koffer stehen bereit. Zeichen des Abschieds.

Auch ich stehe auf, sie sagt:

»Ich muss noch jemandem auf Wiedersehen sagen, gleich.«

»Ich möchte mitkommen«, sage ich.

»Das hatte ich gehofft«, sagt sie.

Ich dusche in ihrem winzigen Bad, sie kommt zu mir ohne ein Wort, wir stehen nebeneinander unter dem

Hitze umfängt uns, und wir berühren uns ein letztes Mal, umfassen unsere Körper, vermessen sie, liebkosen jeden Winkel, ich sehe sie an, will mir jede Stelle einprägen, dann geht sie hinaus, ich folge ihr und ziehe mich an.

Sie schließt die Tür hinter sich, den Schlüssel lässt sie auf dem Küchentisch, dann nimmt sie meine Hand, und wir gehen hinaus, treten vor die Tür und stehen in *Plaka*.

»Darf ich dich etwas fragen?«, murmele ich, als wir durch die schmalen Gassen gehen, die verlassen daliegen.

»Natürlich.«

»Wie ist es, hier zu leben? Ich rede so viel darüber, aber ich weiß eigentlich gar nichts.«

»Du meinst die Krise?«

Ich nicke und lasse ihre Hand nicht los. Wie überall in der Stadt ist auch die Wand des nächsten Hauses mit einem riesigen Graffito bemalt, keine simple Schmiererei, sondern echte Kunst, bunte Kritik an Sparzwang und Hungerlöhnen, davor steht ein großer Oleander in Lila, das Leuchten des Baumes wetteifert mit der Malerei.

»Ich weiß nicht«, sagt sie, »ich kenne nicht jeden, der hier lebt. Natürlich reden die alten Männer in den Cafés über Politik, sie zweifeln und jammern und zetern, aber hier draußen ist das alles beinahe kein Thema. Man lebt einfach, wir leben einfach, ob wir viel Geld haben oder wenig. Wer wenig hat, dem wird geholfen. Ich weiß nicht, ob du das verstehen kannst.«

Ich weiß es auch nicht, denke ich, sage aber nichts.

»Es ist wie im Auge des Tornados«, sagt sie. »Draußen reden alle über uns. Doch hier drinnen, wo der Sturm tobt, ist es ganz ruhig. Wir versuchen zu arbeiten, Essen zu kaufen, einfach zu überleben und dabei so viel Spaß wie möglich zu haben. Mein Gott, wir sind Griechen. Dem Tornado wird es nicht gelingen, uns den Spaß und den Glauben zu nehmen. Den Glauben an Gott. Den Glauben an uns.«

Sie stockt.

»Klar, am schlimmsten ist es für uns. Uns junge Leute. Wir haben studiert, sie haben uns versprochen, wir würden klug und wohlhabend. Und nun sind wir alle arbeitslos. Das raubt Kraft, sehr viel Kraft. Aber ich konnte mich ... Ach, komm mit, ich zeige es dir.«

Am Ende der Straße kommt der Bus. Wir steigen ein, drinnen steht die Luft, obwohl alle Fenster offen sind. Wir fahren nur ein Stück, dann nimmt sie mich wieder bei der Hand und führt mich hinaus, immer geradeaus die Straße hinunter auf eine große Halle zu, oben ein sich wölbendes Glasdach, darunter alte Streben und Balken.

»Mein Arbeitsplatz«, sagt sie. »Das habe ich getan, um zu überleben.«

Wir stehen am Anfang des Gebäudes, und ich erkenne sie sofort, die Markthalle, von der sie in Paris gesprochen hat. Ein Ungetüm aus Holz und Eis. Das Holz bildet die Stände, sie scheinen Hunderte Meter weit in die Halle hineinzuragen. Das Eis ist überall, auf den Tischen, neben den Tischen in großen Kisten, unter den Kisten als schmutziges Wasser, das in den Rinnstein läuft.

Agápi läuft voraus, geht schnurstracks auf einen alten Mann zu, der an einem Fischstand steht, die Schürze genau wie die, die Agápi damals in meinem Traum trug. Sie fällt ihm in die Arme. Er redet schnell und heftig auf sie ein, doch seine Stimme ist gleichzeitig so sanft, dass ich eifersüchtig werde. Ich sehe, dass seine Augen feucht werden, doch sie hält ihn, tröstet ihn. Ich kann verstehen, dass er immer wieder *Efaristo* sagt, danke, und etwas von Abschied murmelt, immer und immer wieder. Vor ihm liegen die Fische, Doraden, Seezungen, der große Schwertfisch mit dem riesigen Dolch am Maul, daneben hängen die Tintenfische zum Trocknen, wie ich sie schon auf Lesbos gesehen habe. Das Eis unter ihnen schmilzt, eine Kundin betrachtet den Seewolf, eigentlich aber beobachtet sie, was zwischen dem älteren Mann und der jungen Frau als Nächstes passiert.

Agápi löst sich von ihm, er wendet sich der Kundin zu, Agápi kehrt zu mir zurück.

»So ist es«, sagt sie, »es war mein Traum, einmal hier zu arbeiten, und als ich keine andere Wahl mehr hatte, habe ich ihn mir erfüllt. Nur so konnte ich überhaupt in Athen bleiben. Und so habe ich für Giorgios sechs Monate Fische verkauft.«

Es ist bizarr, aber ich kann mir sofort vorstellen, wie sie hier gestanden hat, jeden Kunden freundlich begrüßt und danach die Brassen entschuppt hat, zur vollsten Zufriedenheit aller.

Sie zieht mich tiefer in die Halle hinein, und ich muss mir die Nase zuhalten und immer wieder die Augen schließen, besonders weiter hinten, dort, wo die Metzger sind, die ganze Hasen aufgehängt haben oder Ziegen, die Köpfe blutrot, die Augenhöhlen leer, der ganze Körper ein einziges Gemetzel, die Innereien, Herzen, Nieren, Kutteln in kleinen Schalen.

»Es ist so weit«, sagt sie.

»Ein komischer Ort, um sich zu verabschieden«, sage ich.

Sie küsst mich ohne Vorwarnung, ihre warmen Lippen treffen mich, sodass ich die Hasen umgehend vergesse, ihre Zunge findet meine, es ist Liebe.

Als wir uns lösen, sagt sie: »Brüssel ist auch ein komischer Ort, sich kennenzulernen.«

# Schönwalde

## 2020

Sie erzählt mir die Geschichte seit zweieinhalb Stunden. Ihre Geschichte. Sie erinnert sich so gut, als wäre all das 70 Tage her und nicht 75 Jahre.

Wir sitzen auf der Bank, die vor der Statue des Alten Fritz steht, auf dem Dorfplatz von Schönwalde, den niemand so nennt, weil nie jemand auf dieser Bank sitzt. Rechts ist die Feuerwehr, gegenüber die Kirche, auf der Hauptstraße rast der Verkehr vorbei.

»Du erzählst mir das so unbeteiligt«, sage ich zu ihr, weil ich spüre, dass sich dieses Gefühl seit Anfang der Erzählung aufdrängt. »Ich denke an die Toten in den gestreiften Uniformen, das waren doch Juden aus dem KZ, das muss doch so furchtbar gewesen sein, das zu sehen.«

Sie betrachtet mich mit dieser Milde und dieser Klugheit, die ich so an ihr liebe, ihre spitze Nase scheint zu beben, dann sagt sie: »Weißt du, und ich wundere mich immer, wenn du mir deine Geschichten erzählst, von den Flüchtlingen und dem Terror, dann denke ich mir immer: Wie hält er das aus, der Junge?«

Sie schließt kurz die Augen, und als sie sie wieder öffnet, hat sich ihre Stimme verändert.

»Ich habe funktioniert damals, so wie wir alle. Es ging nur darum, von dort, wo wir waren, wegzukommen. Sie hatten uns eingeimpft, dass die Russen unsere schlimmsten Feinde seien, also liefen wir um unser Leben. Heute weiß ich, dass das natürlich Unsinn war – auch wenn sie schlimme Dinge gemacht haben vor unseren Augen.«

»Und dieses Ding da mit Jan«, sage ich, »wenn ich darüber nachdenke, dann ist das doch sonnenklar: Ihr mochtet einander, vielleicht wart ihr sogar füreinander bestimmt. Denkst du nicht, Oma?«

»Wir haben doch darüber gar nicht nachgedacht, nicht im Traum. Wir wollten essen und schlafen und heil die Flucht überstehen. Ich habe nicht darüber nachgedacht, was er wollte – oder was ich wollte. Wirklich nicht.« Sie schüttelt den Kopf, als sei das Thema damit erledigt.

»Aber die anderen haben es doch auch gesehen«, insistiere ich. »Sonst hätten sie ja nicht deine Stiefmutter gefragt, ob du mit nach Holland gehst.«

Sie zuckt mit den Schultern, als sei das ein unbedeutendes Detail.

»Bereust du es, dass ihr euch aus den Augen verloren habt?«

Sie lacht, ohne eine Spur von Bitterkeit, ihr Gesicht hat etwas Adlerhaftes, was so gar nicht zu den gemütlichen grauen Locken passt, die zu meiner Oma gehören wie ihre ordentlichen Lycra-Pullover, die sie beim Vietnamesen in Basdorf kauft.

»Wir hatten doch keine Wahl. Er musste nach Holland, und ich musste hierbleiben. Ich weiß ja nicht mal, ob er es bis dahin geschafft hat. Wir hatten dann ganz andere Sorgen. Ich habe deinen Opa kennengelernt, als er aus dem Krieg zurückkam, er war in russischer Gefangenschaft, das habe ich dir ein andermal erzählt. Er hat mir nach dem Kino einen Brief geschrieben, ob wir uns unter der Linde am Sportplatz treffen könnten. Von da an war klar, dass wir heiraten würden. Und später kam die Teilung und dann die Mauer. Ja, vielleicht ist es so: Vielleicht bereue ich, dass ich nie nach Jan gesucht habe, als es noch ging, als es noch keine Mauer gab. Dass ich ihm nicht danken konnte, dass er mir geholfen hat, heil nach Schönwalde zu kommen. Heute weiß ich nicht mal mehr seinen Nachnamen. Ich weiß nur, dass er Jan hieß. Der Rest ist in meiner Erinnerung wie ausgelöscht.«

Ich staune wieder einmal über die Eigenheiten unserer Erinnerung. Dass die Farbe des Fahrrads eines SA-Manns Vorrang vor dem ganzen Namen desjenigen hatte, der einen gerettet hatte. Aber vielleicht drückte der reine Vorname auch einfach die große Nähe aus, die die beiden gehabt hatten. »Du hast nie so von Opa erzählt, wie du von Jan erzählst. Dann machen deine Augen etwas, es ist so eine tiefe Freude«, sage ich und fühle mich selbst eine Spur zu berührt.

»Ach, Opa«, sagt sie und lacht. »Wir haben uns geliebt, sehr sogar. Aber es war doch keine romantische Liebe, wie ihr das heute wollt und wie es in diesen Filmen ist. Er kam aus dem Krieg, wir trafen uns und zack. Ich fand ihn nie ... Na ja, ich fand nie, dass er ein wahnsinnig gut aussehender Mann war. Er hatte diese Kriegsverletzungen, die Narben überall, es war ...«

Ich muss schlucken und frage nicht weiter.

Wir stehen auf und gehen ein Stück, sie ist so schnell auf den Beinen, dass es mich jedes Mal wundert. Und sie ist gut zu Fuß wie eine Siebzigjährige, dabei ist sie im letzten Jahr 91 geworden.

Sie hat dieses Dorf nicht verlassen, über dessen Dorfstraße sie vor 75 Jahren geflohen ist. Heute ist dort, wo früher der SA-Mann wohnte, der ALDI und schräg gegenüber der LIDL.

Es gibt zwei Kitas, weil Berlin nah ist und immer mehr Familien kommen, dafür gibt's kein Kino mehr. »Ich kenne kaum noch einen«, sagt sie immer, wenn wir an Heiligabend in den Gottesdienst gehen.

Ich bin wieder oft hier, seit fünf Jahren komme ich einmal pro Woche. Ich habe meinen Frieden gemacht, mit diesem Ort, mit der Vergangenheit, weil ich spüre, dass alles seine Zeit und seine Verletzungen hat, alles und alle.

»Weißt du«, sage ich, »es ist so eine Sache mit der Liebe. Damals war es so schwer, weil die Umstände so hart waren. Wie hättet ihr euch denn verlieben sollen? Es ging um euer Leben. Auch wenn das jetzt so bescheuert klingt, so groß – aber es war doch so. Und dann frage ich mich, warum wir es heute nicht hinkriegen. Warum ich es nicht hinkriege. Die Umstände sind so leicht. Wir können überall hin. Sieh mal, du warst immer nur hier. Ich lebe in Paris und in Berlin, ich arbeite auf der ganzen Welt, ich kann reisen, es ist friedlich, wo ich lebe, gut, es gibt den beschissenen Trump und die verdammte AfD, aber das ist doch jetzt wirklich kein großes Problem, das verwächst sich. Also, warum, verdammt, kriege ich das nicht hin?«

»Ich wusste gar nicht, dass da überhaupt jemand ist«, sagt sie, und ihre kleinen Augen funkeln, »du redest ja nie über so was. Es ist nur deine Arbeit, es ist ja toll, dass du eine so sichere Arbeit hast.«

Meine Oma weiß nichts von meiner kleinen Auszeit, in der ich nach Athen geflohen bin. Dass ich, nachdem Agápi wieder auf und davon war, noch nach Lesbos gereist bin. Dort habe ich wochenlang gezeltet, habe mit Dimitris, dem Wirt, nächtelang Wein getrunken, habe Flüchtlingen geholfen und bin schließlich ins Flugzeug gestiegen und weitergereist, einmal um die ganze Welt und wieder zurück. Nach drei Jahren bin ich wieder nach Berlin geflogen. Seitdem arbeite ich mindestens 50 Stunden pro Woche, es ist wie vorher, und doch ist es anders. Weil ich weicher bin oder einfach nur älter, nicht mehr so wütend, auf mich selbst, meine ich, vielleicht ist es das.

»Doch, es gab da jemanden. Vielleicht war es meine Jan. Es war länger als bei euch. Vielleicht war es auch ernster. Aber ich habe es versaut.«

»Was hast du getan?«

»Ich habe sie verraten. Und ich habe nicht gekämpft, als ich hätte kämpfen sollen. Als ich es kapiert habe, hatte sie sich schon für einen anderen Weg entschieden. Für den leichteren, den sicheren Weg. Und so wie ich nicht verstehe, wie du nicht um Jan kämpfen konntest, als der Krieg vorbei war, so würdest du es umgekehrt nicht verstehen, wenn ich dir meine Geschichte erzähle.«

»Probier es doch aus«, sagt sie.

»Gut«, sage ich und nicke, ein Lächeln auf dem Gesicht. So frei habe ich mich lange nicht mehr gefühlt.

»Weißt du«, sagt sie, »eins sage ich dir schon mal, obgleich ich nichts darüber weiß. Das mit der Liebe, das ist so kompliziert, dass es am Ende reiner Zufall ist, na ja, vielleicht eher Schicksal, Gottes Schicksal. Es gibt da diesen Menschen, mit dem es passen könnte. Aber für den muss auch wirklich alles passen, die Zeit, die Umstände, und dann dürfen sich beide in diesem tollen Gefühl nicht auch noch zugrunde richten. Ganz selten klappt das, hier im Dorf kenne ich vielleicht ein oder zwei Paare, bei denen das so war. Weißt du, die Walthers, die sind einen Tag nacheinander gestorben, nach über 70 Jahren Ehe. Bei ihnen war das so.«

Sie schweigt einen Moment, als denke sie an das alte Paar, das unten an der Hauptstraße gewohnt hat. »Doch bei uns normalen Paaren? Da zählt nur, dass wir zufrieden sind. Vielleicht kommt auch manchmal das große Glück, auf der Hochzeitsreise oder im Urlaub oder abends im Garten, wenn die Sonne untergeht und wir den Vögeln lauschen, vielleicht ist dann das Glück da, so ein, zwei Tage im Jahr. Aber den Rest der Jahre, den sollten wir einfach zufrieden sein. Damit, dass wir es bis hierher geschafft haben.«

# Farewell

## 2020

Bringst du ein Bier mit raus?«, fragt er, dann nimmt er Xena, die kreischt und lacht, wie nur sie es kann, setzt sie sich auf die Schultern und humpelt durch das Wasser wie ein Elefant, um sie sogleich an einer tieferen Stelle herunterzuwerfen, dass es spritzt und das Lachen nur unterbrochen wird, als die Kleine im Wasser aufkommt. Kaum ist sie wieder oben, kreischt sie: »Noch mal!«

Ich lache und sehe noch einen Moment zu, dann gehe ich langsam hinaus aus dem großen See, ein schmaler Strand schließt sich an, und dann steht da ein paar Meter weiter unser weißes Haus mit dem grauen Dach.

Es wird Frühling, endlich, jetzt Ende April, es war ein kalter Winter, wir hatten viel Schnee, doch nun ist es das erste Mal, dass wir uns entschlossen haben, baden zu gehen. Xena hat uns seit Wochen damit verfolgt, sie wollte endlich in ihren See. Den See, dessen Namen sie in diesem Frühling zum ersten Mal aussprechen kann: *Pamvotida*.

Ich öffne die Tür, und sofort schlägt mir die Kühle entgegen, als stecke das Haus noch im Winterschlaf. Wir haben sie uns schön gemacht, diese kalten Monate von Oktober bis März, der Kamin brannte jeden Abend, wir aßen die fleischigen, herzhaften Gerichte, die Braten, die Suppen unserer Region, doch nun freue ich mich wieder auf die Forellen aus dem See, die wir in unserem Garten über dem offenen Feuer grillen. Klar, manche sagen immer noch, sie würden in diesem See niemals schwimmen, weil die Stadt alles hineinleitet, was wegmuss. Aber uns ist das egal, für uns ist dieser See Heimat, und verglichen mit meiner Kindheit finde ich ihn richtig sauber.

Ich gehe zum Kühlschrank und hole Limonade für Xena und mich und ein *Alfa* für ihn, stelle alles in den kleinen Korb und lege noch einige Kekse dazu. Ich gehe wieder hinaus, doch etwas hält mich auf, sodass ich in der Tür stehen bleibe und hinaussehe. Auf die beiden, die im Wasser planschen und spielen, Xenas Jubelschreie dringen hier herauf, genau wie Aris' tiefe Stimme, der sie noch anfeuert.

*Wie das Leben so spielt.* Das ist es, was ich denke.

Ich drehe mich um, stelle den Korb ab und gehe in das kalte Arbeitszimmer im hinteren Teil des Hauses.

*Fünf Jahre.*

Ich klappe den Laptop auf und gehe zu Facebook. Vor einem Jahr hat er mich plötzlich als Freundin angefragt, ich habe angenommen, ohne viel darüber nachzudenken. Ich hatte es vergessen bis heute Morgen. Ich gebe seinen Namen in die Suchleiste ein, und sein Foto taucht auf, dann öffnet sich langsam – das Internet hier ist noch immer furchtbar – sein Account.

Seine Augen treffen mich wie am ersten Tag, doch sobald ich sie draußen lachen höre, holt es mich wieder zurück hierher. Ich scrolle die Bilder nach unten, er mit dem Mikrofon in der Hand, er in seinem blauen Sakko, das er in Paris getragen hatte, er an Bord einer Regierungsmaschine. Vor zwei Monaten er und sie an einem Strand, ein Selfie, sie schaut in die Kamera, er guckt um ein paar Zentimeter daran vorbei.

Noch drei Wochen vorher: Sie in einem weißen Kleid, er in einem schwarzen Smoking, sie hält Blumen in der Hand, dahinter stehen ältere Leute – beider Eltern? – und lachen und klatschen.

Die Unterzeile heißt: *Kristina & François – das beste Symbol für die deutsch-französische Freundschaft.*

Ich finde, er sieht glücklich aus.

# Danksagung

Für unsere gemeinsamen Erlebnisse und stetigen Rat:

Romy Straßenburg, Raoul Rubin, Tom Müller, Jörg Gerresheim, Christophe Obert, Christophe Astruc, Afnan Taha-Steele, Jon Steele, Annika Breidthardt, Cornelia Primosch, Ansgar Haase, Doreen Meyer, Arite Szadkowski, Alex Lambriev, Panikos Hadjicostas, allen guten Geistern bei RTL und n-tv, denen ich viel verdanke, von denen ich so viel gelernt habe und die täglich daran arbeiten, dass Journalismus ganz anders ist, als ihn der fiktive Protagonist dieses Buches betreibt. Dimitris in der Taverne O Gavrilos auf dem Berg auf Lesbos für seine Menschlichkeit und sein Souvlaki.

Für die Arbeit an diesem Buch und für eine wunderbare Verlagsheimat an der Alster:

Katrin Aé, Thomas Ganske, Tim Jung, Moritz Klein, Stefanie Folle, Sandra Rothfeld, Carola Trivisonno, Lisa Bluhm, Carola Brandt, Nina Staedler, Dana Nitz, Julia Strack und allen anderen, die Hoffmann und Campe zu einem besonderen Ort machen, mit großem Dank an Rebekka Göpfert,

Meike Stegkemper und Daniel Kampa, die für unsere gemeinsame Geschichte einst den Grundstein legten.

Für Inspiration und Atempausen:

Jasmin. Mateo. Jakob. Liebe Euch sehr.

Für die einzigen Passagen in diesem Buch, die nicht fiktiv sind:

Oma Ilse. Ich danke Dir für alles. Ich bewundere Dich für Dein Leben. Und liebe Dich sehr.

## Alexander Oetkers Commissaire Luc Verlain
## im Hoffmann und Campe Verlag und bei Atlantik

*Retour*
*Luc Verlains erster Fall*
Ein Aquitaine-Krimi
Taschenbuch, 304 Seiten
ISBN 978-3-455-00349-9

*Château Mort*
*Luc Verlains zweiter Fall*
Ein Aquitaine-Krimi
Taschenbuch, 336 Seiten
ISBN 978-3-455-00596-7

*Winteraustern*
*Luc Verlains dritter Fall*
Ein Aquitaine-Krimi
Klappenbroschur, 320 Seiten
ISBN 978-3-455-00078-8
Ab 7.10.2020 auch erhältlich als Taschenbuch
ISBN 978-3-455-00937-8

*Baskische Tragödie*
*Luc Verlains vierter Fall*
Ein Aquitaine-Krimi
Klappenbroschur, ca. 320 Seiten
Erscheint am 7.10.2020
ISBN 978-3-455-01006-0

»*Retour* ist ein richtiger Wohlfühlkrimi, der in
Sachen Spannung richtig Gas gibt.«
Oliver Steuck, *WDR 2*

»Hoher Sehnsuchtsfaktor.«
Volker Albers, *Hamburger Abendblatt* über *Château Mort*

»Lebenslust, Tod und Leidenschaft. Ich kenne derzeit keinen, der Frankreich so
beschreiben kann wie Alexander Oetker. Er legt uns das Land zu Füßen, indem
er uns Dinge zum Nachdenken und zum Nachfühlen erzählt.«
Adrian Arnold, *Schweizer Fernsehen*